BASTEI
LÜBBE

Taschenbücher von KENNETH BULMER
im Bastei Lübbe-Programm:

23 072 Ryder Hook, Der Nova-Mann

Kenneth Bulmer

RYDER HOOK – MISSION GALAXIS

BASTEI LÜBBE

BASTEI-LÜBBE-TASCHENBUCH
Science Fiction Abenteuer

Band 23 074

Erste Auflage: Januar 1988

Deutsche Lizenzausgabe 1988
Bastei-Verlag Gustav H. Lübbe GmbH & Co., Bergisch Gladbach
Originaltitel: The Gervase Factor
Ins Deutsche übertragen von Dr. Ingrid Rothmann
Lektorat: Michael Schönenbröcher
Titelillustration: Luis Royo / Norma Agency, Barcelona
Umschlaggestaltung: Quadro-Grafik, Bensberg
Druck und Verarbeitung: Clausen & Bosse, Leck
Printed in Germany
ISBN 3-404-23074-4

Der Preis dieses Bandes versteht sich
einschließlich der gesetzlichen Mehrwertsteuer.

1. Kapitel

Die Antigrav-Bande fiel über Ryder Hook her, als er die Mitte eines einzelnen, den Crampton Boulevard querenden Gleitbandes erreicht hatte. Um ihn herum erstreckte sich dreidimensional der Komplex von Gema City, klaglos funktionierend, für ein angenehmes Leben ausgelegt. Es war schon spät, und die verschwenderische Beleuchtung überstrahlte die Sterne, verscheuchte Schatten und verbreitete das Gefühl von Geräumigkeit, Wärme und Behagen bis in den letzten Winkel.

Hook stand allein auf dem Gleitband, als die Bande ihn anfiel.

Da es sich um eine zivilisierte städtische Ansiedlung auf einem zivilisierten Planeten handelte, wurden allen ankommenden Besuchern behördlicherseits die Waffen abgenommen und in versiegelten Lagerhäusern in Raumflughafennähe aufbewahrt. Hooks Martian Mega war daher unerreichbar, und das Magazin seiner im Handgelenk verwurzelten Disgel-Waffe war entfernt und versiegelt worden.

Die Antigrav-Gauner segelten, Füße voran, durch dünne Luft, mit dem Ziel, das Gleitband und den nächtlichen Fußgänger gleichzeitig zu treffen. Bewaffnet waren sie mit Totschlägern, Ketten und scharfen Metallscheiben. Sie waren zu sechst.

Hooks übernatürlich scharfes Gehör nahm das Rascheln ihrer Kleider im Luftzug auf. Er drehte sich um, bereit, es mit ihnen aufzunehmen. Diese Reaktion kam für sie unerwartet. Mit schrillen Rufen versuchten sie, diesem verängstigten Fußgänger klarzumachen, daß er keine Chance hatte.

»Wir werden dein Hirn sieden lassen, du Niete!«

»Wir reißen dir die Flossen aus, Gonil!«

»Gib uns dein Metallgeld, dann tun wir dir vielleicht nichts . . .«

»Deine Kreditkarte kannst du behalten«, schrie der Grellgekleidete mit dem metallenen Flughelm, eindeutig der Anführer.

Ein Witz, dessen Raffinesse sie zu wieherndem Gelächter hinriß.

Die bevorzugte Taktik dieser Typen war es, außer Reichweite des Opfers über diesem in der Luft zu verharren und eine schwere, dickgliedrige Kette zu schwingen, mit dem Ziel, das Opfer am Kopf zu treffen. Danach machten sie sich über seine Taschen her.

Hook duckte sich.

Er bewegte sich schneller, als die Antigrav-Banditen erwartet hatten, sehr viel schneller, als man überhaupt erwarten konnte. Er bekam die Kette zu fassen, zog an, fester, und zerrte den Kettenschwinger entgegen dem Antrieb des auf seinem Rücken befestigten Antigrav-Packs in Reichweite herunter. Hooks lange starke Finger umklammerten die Beine des Räubers.

Das Geräusch des zerbrechenden Schienbeins berührte Hook nicht im geringsten. Er drehte den Mann um und rammte ihn in den nächsten, während er gleichzeitig gegen den dritten ausholte. Der vierte zog Hook seinen Totschläger über den Kopf.

Dieser Schlag hätte den Schädel eines Normalmenschen beträchtlich eingedellt. Von Hooks Schädel sprang das Stück Metall wirkungslos ab.

Die Typen rochen nach Maschinenöl und Schweiß. Ihre Antigrav-Packs waren keine Meisterwerke der Antigrav-Technik. Der scharfe Geruch nach aufgeladener Atmosphäre zeigte an, daß es sich nicht einmal um Modelle der vorangegangenen Generation handelte. Sie konnten jeden Augenblick ihren Geist aufgeben. Damit erhielt die ganze Situation für die Antigrav-Bande vielleicht zusätzlichen Reiz. Hook wußte es nicht, und es kümmerte ihn keinen Deut.

Der Typ, dessen Totschläger von Hooks Schädel abgeprallt war, schnappte verblüfft nach Luft. Im nächsten Moment packte Hook seinen Arm mit eisernem Griff, drehte und zerrte daran, bis der Arm gebrochen aus dem Gelenk hing und er den Idioten von sich schleuderte.

Mut hatten sie, diese Ratten der Gleitbänder, das mußte man ihnen lassen. Und Entschlossenheit, ihr einmal begonnenes Verbrechen zu Ende zu führen.

Wieder schwärmten sie heran, kettenrasselnd, ihre geschärften Metallteile schwingend und wirbelnd.

Zwei waren schon ausgefallen. Der Dritte bekam einen kräftigen und höchst unfreundlichen Fausthieb gegen den Mund verpaßt und war damit ausgeschaltet.

Hook konnte nicht verhindern, daß sich Ketten um seine Beine schlangen.

Er bewegte sich, versuchte, die Kettenglieder irgendwie abzustreifen. Wieder prallte ein Schlag von seinem Schädel ab, zerraufte die schwarz gefärbten Haare, landete auf seiner Schulter.

Jetzt hatte er es mit zweien zu tun, die Ketten schwangen, und mit einem Dritten, der sein Metallstück entweder als Keule oder als Klinge einsetzte, je nachdem. Hook ließ sich fallen.

Der Anführer gab einen gellenden Triumphschrei von sich. Jetzt konnten sie ihre bevorzugte Taktik anwenden.

»Rauf mit ihm, Jem, du Null! Rauf!«

Von den Ketten in seinen Bewegungen gehindert,

spürte Hook, wie er unter dem Summen der Antigrav-Packs hochgehoben wurde. Jetzt galt es, rasch zu handeln, andernfalls würde man ihn neben dem Gleitband einfach ins Nichts fallen lassen. Und bis hinunter auf den Crampton Boulevard war es verdammt weit, falls man ihm nicht einen kleinen Schubs versetzte, der ihn an der beleuchteten und belebten Straße vorbei direkt in die darunterliegenden Tiefen stürzen ließ.

Und dort unten, in der finsteren Unterwelt dieses prachtvoll glitzernden Stadt-Komplexes, kannten die Typen sich sicher sehr gut aus.

Während der Anführer seine zwei verbliebenen Leute anfeuerte, wurde Hook klar, daß es zwecklos war, sich an die Ketten zu klammern. Die Banditen brauchten die Ketten nur loszulassen.

Wie ein Affe von einem urweltlichen Dschungelplaneten hantelte er sich die Ketten hoch. Seine Hand legte sich um einen Knöchel, der aus einem mit falschen Edelsteinen besetzten Plastikstiefel ragte. Er drückte zu.

Der Mann schrie auf und versuchte, mit dem anderen Fuß Hooks Faust abzustreifen, was zur Folge hatte, daß Hook auch diesen Fuß zu fassen bekam.

»Vinki, er hat mich!«

»Gib ihm einen Tritt, du Schwachkopf!«

Hook zog sich höher hinauf. Er roch Maschinenöl und den abgestandenen Mief von Speiseöl, eine Nuance, die ihm deutlich auffiel und zu der sich das Aroma von Angstschweiß, vermischt mit der letzten Mahlzeit dieses Idioten, gesellte. Er ließ mit der Rechten einen Fuß los, um den Arm um die Leibesmitte des Burschen zu legen.

Die Hiebe einer behandschuhten Faust störten ihn nicht. Als nächstes langte er mit der Linken hoch und bohrte seine Faust in die Zähne des Mannes. Jetzt hing der Kerl schlaff an seinem Antigrav-Pack. Hook sah nach unten.

Sie befanden sich über dem Geländer des Fußgängerweges. Unter ihnen erstreckte sich ein Nichts bis zu den Lichtern des Crampton Boulevards, der sich wie eine Leuchtkäferreihe von der darunterliegenden Schwärze abhob.

Der Vinki genannte Anführer versuchte sich mit seinem geschärften Metallstück heranzuarbeiten, und Hook, der sich an dem Bewußtlosen und dessen Antigrav-Pack festhielt, vollführte eine Ausweichbewegung. Mit Bedacht holte er ein Stück Kette ein und wirbelte sie ein paarmal herum. Vinki wußte, was los war.

»Du bist schon tot, Geher, mausetot!« brüllte er.

Hook sparte sich die Antwort.

Die allgemein gebräuchlichen Antigrav-Apparate gab es in einer verwirrenden Typen- und Leistungsvielfalt und in den verschiedensten Preisklassen. Dieser Altmetallklumpen, der ihn in der Luft hielt, mußte direkt von der Müllhalde stammen. Zwei Körper konnte der nicht in der Luft halten. Total überlastet, konnte das Ding im günstigsten Fall den Sturz etwas bremsen.

Hook verlor ständig an Höhe.

Die zwei letzten Banditen folgten ihm immer tiefer.

Wie sonderbar, daß in dieser Stadt, in der ultramoderne Waffen einfach konfisziert wurden, die Verbrecher sich traditioneller Hilfsmittel bedienten — Ketten, Totschlägern, geschärftem Metall. Sicher hatte jeder auch ein Messer für den Nahkampf.

Auf dem Crampton Boulevard würde er nicht landen.

Noch immer verfolgt von den zwei Banditen, trieb Hook am Boulevard vorüber. Niemand nahm Notiz von ihm. Um diese Zeit war der Verkehr nicht mehr dicht, und die Fahrzeuge flitzten vorüber, ohne daß die Insassen Notiz davon nahmen, was draußen passierte. Die Wagen wurden vom Computer der städtischen Verkehrszentrale vollautomatisch gesteuert . . .

Der Crampton Boulevard war nun über ihm.

Hook sah hinunter.

Unter ihm herrschte Dunkelheit. Die Luft wurde abgestandener und verbrauchter, versetzt mit den Gerüchen von der Unterseite der Stadt. Da und dort verstreute Lichter ließen gewaltige Verstrebungen, gigantische Stützpfeiler und hochgeschwungene Bogen erkennen, die Stützen der Riesenbauten der darüber befindlichen Stadt.

Um die höheren Konstruktionen von Gema City zu sichern, hatten die Ingenieure zusätzliche, selbsttätig funktionierende Antigrav-Einrichtungen angebracht. Aber hier unten war alles Masse und Gewicht, monolitische Blöcke und Metall, Beton und Plastik, vielfältig und kompliziert gegliedert und verzweigt.

Die zwei Banditen gaben auf. Mit ein paar letzten Wutschreien und wüsten Drohungen fegten sie nach oben und verschwanden. Nicht einmal Ratten wie diese Typen wagten sich in die Eingeweide der Stadt. Hook trieb immer weiter hinunter.

Er war auf diesen Puldin genannten Planeten in Gesellschaft des Welpaks Brett gekommen, mit dem er seine letzten Abenteuer durchstanden hatte. Sie hatten auf Shyle nach Vorkommen des Männlichkeits-Gens gesucht, doch die Shylao, die Herren des Planeten, hatten sämtliche Minen fest im Griff. Der Hektoliterkanister, den sie ergattert hatten, würde ihnen ein hübsches Sümmchen einbringen, hatte Brett gesagt. Das Zeug war nämlich sagenhaft teuer. Sobald ein stattliches

Finanzpolster zur Deckung von Bretts Kreditkarte geschaffen war, konnten sie eine Organisation aufziehen und den Nachschub an Männlichkeits-Gen von Shyle sichern. Sie hatten Puldin, eine zivilisierte Welt, als ersten Bestimmungshafen angesteuert.

Zivilisiert! Ha! Während Hook immer tiefer driftete, wuchs seine Abneigung gegen die gepflegten, wohlgenährten Einwohner von Gema City.

Hook war ein waschechter galaktischer Einzelgänger. Er verfügte über keine neurologisch ins linke Handgelenk implantierte Kreditkarte. An Stelle der Kreditkarte trug er eine Disgel-Waffe, die mittels Kontraktion der richtigen Muskeln sofort schußbereit war. Die meisten Leute trugen die Waffen, seien es nun Gelmix-Waffen, Dellings, Parkats oder andere Fabrikate, am rechten Handgelenk. Die Marke von Hooks Modell war nicht einmal ihm selbst bekannt. Er hatte sie einem Projektmann abgenommen.

Hook befand sich auf dem Rückweg in das Hotel, in dem sie überaus stilvoll abgestiegen waren. Aus dem Kontakt, den Brett hergestellt hatte, war nichts geworden. Obwohl Hook eigentlich nichts gegen Menschen hatte, kam er auch gut ohne sie aus. Seine sogenannte Partnerschaft mit Brett hatte ihm zum Vorteil gereicht und stand kurz vor der Auflösung. Gleichzeitig hatte er keinen Grund zu der Annahme, der Welpak hätte ihn hintergangen.

Diese Antigrav-Banditen waren eine städtische Seuche. Brett hatte dabei nicht die Hand im Spiel gehabt.

Mit einer Beschleunigung, die er nur dank seines gußeisernen Magens ohne Übelkeit überstand, sauste er jetzt hilflos taumelnd durch die Luft.

Sein Antigrav-Pack hatte ausgesetzt.

Im nächsten Augenblick funktionierten die überlasteten Stromkreise wieder, und Hook wurde samt seiner bewußtlosen Last wieder in die Höhe getragen, sehr zögernd, um dann wieder abzusinken. Den Boden würden sie ohnehin nicht erreichen, dachte Hook zynisch. Um sie herum erstreckte sich ein Netzwerk von Stützen und Pfeilern, ein Gewebe aus Metall und Beton. Sie würden auf einer Plattform niedergehen, lange ehe sie den Boden dieses Planeten erreicht hätten.

Aus einer ausgesparten Öffnung auf einer Seite fiel schräg ein Lichtbündel. Das Licht wurde von Metall zurückgeworfen. Vor dieser Helligkeit bewegten sich winzige dunkle Gestalten.

Hook beobachtete sie. Wer immer diese Typen waren, sie machten seinen Abstieg mit. Er sah sie spinnengleich Leitern hinunterklettern und warf einen Blick nach unten.

Jetzt fiel er durch einen breiten Schacht, der von der kompliziert zusammengesetzten Stadtunterseite eingegrenzt wurde. Die Perspektive wurde unscharf. Zahlreiche Plattformen stießen in den Schacht vor, manche mit Brüstungen versehen, andere wiederum ohne jede Sicherung. Er fiel jetzt genau auf eine der Plattformen zu, auf der er nach etwa fünfzig Metern landen würde. Die dunklen, beweglichen Gestalten seiner Verfolger huschten Leitern hinunter, übersprangen Tiefen und gaben nicht auf.

Die Lichter waren nicht wahllos verteilt. Man sah schimmernde Roboterkörper ihren Aufgaben nachgehen. Das Funktionieren des Komplexes Gema City erforderte, daß hier unten rund um die Uhr gearbeitet wurde.

Plötzlich war die Plattform da. Der Antigrav-Rowdy

fing an, vor sich hinzumurmeln, unverständliches Zeug, Flüche, Grunztöne, als er wieder zu Atem kam und merkte, was mit ihm los war.

Der auf den Schultern des Typs angebrachte Antigrav-Pack setzte wieder aus, erholte sich, und setzte erneut aus. Bis das Ding sich entschieden hatte, weiterzumachen, war Hook in der Luft einige Male auf und ab geschnellt. Langsam aber sicher hatte er die ganze alberne Episode satt. Falls der Antigrav-Pack endgültig seinen Geist aufgab, würde er bis ganz hinunter sausen und in ein paar Knochentrümmer und Blutspritzer zermanscht werden. Eine blödsinnige Art zu sterben!

Aus einem Gitterwerk von Verstrebungen kreischte ihm eine Stimme entgegen: »Halt fest!«

Wie eine angreifende Schlange schnellte ein Seil auf ihn zu.

In diesem Augenblick gab der Antigrav-Pack ein überlautes Zischen von sich, stotterte und erstarb. Hook wußte sofort, daß er nie wieder zum Leben erwachen würde.

Das Seil schlängelte sich ihm entgegen, und Hook fiel. Ihm blieb nur diese eine Chance.

Mit einem gewaltigen Ruck packte er zu. Er bekam das Seilende mit einer Faust zu fassen und wußte, daß sein Griff sich nicht mehr lösen würde. Der Bursche, mit dem er durch die Luft gesegelt war, schrie auf.

Hook erwog allen Ernstes, den Idioten einfach fallen zu lassen. Würde ihm ganz recht geschehen. Aber Ryder Hook verabscheute Gewalt. Er haßte das Töten. Wahllose Vernichtung stieß ihn ab. Natürlich hatte er Gewalt angewendet, er hatte getötet und vernichtet, aber alle diese Aktivitäten bereiteten ihm wenig Vergnügen.

Er hielt das Seil umklammert und den Gauner ebenso,

und zusammen schwangen sie wie ein Pendel in das Metallnetz von Streben.

Mit den Füßen stützte Hook sich ab. Dennoch spürte er schmerzhaft den Aufprall. Doch die berühmten alten schwarzen Stiefel ließen ihn nicht im Stich. Er umklammerte mit ihnen eine Strebe, zog sich näher heran und sprang sicher auf die Plattform.

Das Seilende war an einem Metallstück befestigt. Die dunklen Gestalten, die seinen Fall verfolgt hatten, standen dichtgedrängt in einer Gruppe. Sie steckten in grauen, grünen oder braunen Coveralls. Ihre Haare hatten sie mit kosmetischen Mitteln so präpariert, daß sie stachelig zu Berge standen oder geformt waren zu Figuren, springenden Pferden, sich aufbäumenden Tigern, zu Kobras mit aufgeblähtem Kopfteil. Es waren acht oder neun, durchwegs Mädchen. Nicht alle gehörten der Gattung Homo sapiens an. Ein Homo mal war darunter und ein Homo welpak — und ihre Gesichter drückten Gefühle aus, an denen Ryder Hook nicht das geringste lag.

Eine, die ihr Haar grün gefärbt und zur Gestalt eines mythologischen Drachen hochgetürmt hatte, sagte: »Wir haben dir das Leben gerettet, Freund.«

»Danke«, antwortete Ryder Hook.

»Jetzt kannst du uns dein Zeug geben«, sagte das Mädchen, begleitet vom Gekicher der anderen.

»Welches Zeug?«

»Metallgeld, Kleider, na, alles was du so hast. Verlier keine Zeit.«

Hook stand reglos da.

In der Hand des Mädchens tauchte eine Waffe auf. Eine Tonota Vierzig. Die war imstande, seine energieangereicherten Atome zu Staub zu zerpusten. Hätte sie eine Projektil-Waffe, etwa eine Vega, auf ihn gerichtet, dann hätte er den Versuch gewagt, sie ihr zu entreißen. Aber nicht bei einer Energiewaffe, die auf seine Leibesmitte deutete, bereit, ihn zu atomisieren.

»Mach schon, Gonil! Alles!«

Der Bandit, der auf der Plattform alle viere von sich streckte, ächzte. Die Mädchen lachten schallend. Einige ihrer Zähne, die im Licht glitzerten, waren spitz zugefeilt.

Im Hintergrund sah man Lichter und den Anfang eines der irrgartenähnlichen Geh- und Fahrwegsysteme unter der Stadt, wo die Dienstleistungsabteilungen niemals schliefen.

Philosophisch gestimmt holte Hook sein Metallgeld hervor. Viel war es ohnehin nicht, da Brett und er den Gewinn aus dem heimlichen Verkauf des Männlichkeits-Gens auf Bretts Konto eingezahlt hatten. Es versteht sich, daß Hook, der keinem übertriebenen Lebensstil huldigte, kein eigenes Konto hatte.

»Aufmachen, du Einfaltspinsel!«

Er zog den Verschluß der Tunika und seiner Hose auf. Ein graublaues Unterhemd und ebensolche Shorts wurden sichtbar. Seine Stiefel behielt er an. Das erlaubten ihm die Klettverschlüsse in den Hosenbeinen. Von seinen Stiefeln trennte Hook sich nicht gern.

»Alles andere auch!«

Gierig schnappten sich die Mädchen das Geld und die Kleider. Die Drachendame sah die Disgel-Waffe an Ryder Hooks linker Hand.

»Ne komische Kreditkarte hast du da, Gonil!«

»Hast du eine Ahnung von Dellings?«

Sie hielt den Atem an. »Ja, schon. Aber ich käme dir zuvor . . .«

»Wäre die Waffe nicht leer, du elendes Würmchen, dann wäret ihr alle schon tot.«

Sie zuckte wie unter einem Schlag zusammen. Sie sah gemein aus. Und Hook wußte, daß sie gemein war. Sie und ihre Bande lebten hier unten von Mord und Diebstahl.

»Würmchen, sagst du, du Gonil?! Na, meine Waffe ist nicht leer, dafür aber deine!«

»Ganz recht.«

Mit einer Plötzlichkeit, die alle schockierte, sprang der Antigrav-Bandit auf, wild um sich schlagend. Instinktiv hielt er noch seine Kette umklammert, die er nun klirrend wirbeln ließ. Sie traf eines der Mädchen.

Mit einem Aufschrei fiel sie rücklings um. Ihr Gesicht war für immer ruiniert.

Hook duckte sich und tauchte seitlich weg, außer Reichweite des Banditen.

Ein grelles Licht flammte auf und wurde von den Metallböden und Streben zurückgeworfen. Die Hitze war nahezu unerträglich. Das Mädchen hatte ihre Tonota Vierzig abgefeuert. Hooks kühner Hechtsprung hatte ihn rechtzeitig in Sicherheit gebracht.

»Aufhören!« schrie er. »Er hat nichts mit mir zu tun!«

Die Mündung der Waffe richtete sich auf Hook. Er setzte sich auf. Das Drachenmädchen bebte vor Wut.

»Sieh dir Queenie an! Sieh an, was dieser . . . dieser . . . getan hat!«

»Sie hätte ausweichen müssen.«

Queenie schwankte, die Hände an das Gesicht gepreßt. Zwischen den Fingern quoll Blut hervor. Ein paar Mädchen packten sie und führten sie weg. Sie schrie noch immer. Nach Hooks Meinung hatte sie nicht mehr lange zu leben.

Aus einer der Service-Leitungen zwischen den Streben und Stützen, den Röhrenbündeln, durch die alle möglichen Produkte flossen, den dicken faseroptischen Kabelsträngen, drang eine Stimme hervor. Eine kräftige, wohltönende Stimme. Eine Männerstimme.

»Was geht da vor?«

Die Mädchen verloren keine Zeit.

Die Drachendame fuhr herum und feuerte in den Gang hinein, aus dem die Stimme drang. Dann drehten sich alle wieder um. Der Gonil, den sie sich aus der Luft geschnappt hatten, mußte noch erledigt werden. Sobald sie ihn unschädlich gemacht hatten, würden sie sich in dem Labyrinth unter der Stadt verlieren.

Sie sahen sich nach Ryder Hook um, um ihn zu töten.

Sie konnten ihn nirgends sehen.

Gleich darauf stoben sie davon, weg von der Stelle, wo die Stimme erklungen war.

Hook, der unter der Plattform über dem schwarzen Nichts hing, hörte das Trappelgeräusch ihrer Schritte. Die Damen hatten den Rückzug angetreten. Er wartete noch ein Weilchen. Dann zog er sich hinauf.

Eine breite Hand half ihm dabei. Die wohltönende Stimme von vorhin sagte: »Freut mich, daß Sie unverletzt sind.«

Hook spürte, wie er auf den Metallboden gezogen wurde. Er stand auf. Das stille, angenehme Gesicht des Mannes lächelte. Sein Haar war adrett frisiert. Er steckte in einem einfachen blauen Coverall. Eine Waffe trug er nicht.

»Kommen Sie. Wahrscheinlich haben Sie einen ordentlichen Drink dringend nötig — nach dieser Szene.«

»Ein sehr vernünftiger Vorschlag«, sagte Ryder Hook.

2. Kapitel

»Gratis?« fragte Ryder Hook. »Na, gratis gibt es in der Galaxis herzlich wenig.«

»Trotzdem ist das hier in der Moben-Mission der Fall«, sagte sein Retter Manfrid und deutete auf die zahlreichen Tische in dem baufälligen Gebäude.

»Der Tod ist umsonst«, sagte Hook. »Das ist aber auch das einzige draußen zwischen den Sternen, was man umsonst kriegt.«

Um sie herum herrschte Lärm, denn diese armen, heruntergekommenen Menschen lachten und schrien bei Tisch durcheinander, obwohl sie sich bemühten, den Geräuschpegel niedrig zu halten. Alles war hier kostenlos. Die Moben-Mission versorgte die Ausgestoßenen und Verlassenen mit einer warmen Mahlzeit.

Manfrid hatte Hook durch irrgartenähnliche Gänge zur Mission geführt und dabei in seiner offenen freundlichen Art auf ihn eingeredet. Er kannte sich in den Schluchten der Unterseite der Stadt sehr gut aus. Hier unten lebten auch Menschen; Menschen, von denen Manfrid voller Respekt gegrüßt wurde. Und jedesmal erhellte sich seine Miene, und er antwortete voller Wärme, ehrlich erfreut über den Kontakt mit einem Mitmenschen, gleichgültig, welcher Rasse dieser zufällig angehören mochte.

Er hatte sich mit einem schwangeren Mädchen, dessen Entbindung ein oder zwei Tage bevorstand, auf dem Weg zur Mission befunden. Das Aufblitzen der Tonota Vierzig hatte ihn alarmiert.

Hook hatte ganz respektlos gemeint: »Sie haben also einfach losgebrüllt, ohne zu —«

»— ohne zu überlegen, Taynor Hook?« Manfrid strich sich eine Strähne seines ordentlich frisierten Haars zurück, das ihm beim Sprechen in die Stirn fiel. »O doch, ich überlegte sehr wohl. Im Moment des Rufens, eigentlich schon vorher, brachte ich mich hinter einem ausreichend starken Metallpfeiler in Sicherheit.«

»Taynor Manfrid, ich stehe in Ihrer Schuld.«

»Mag sein. Wären Sie nicht hinuntergeklettert und hätten sich unter der Plattform versteckt, dann hätten diese Drachenmädchen Sie getötet, und ich hätte Ihnen auch nicht helfen können.«

»Die Mädchen haben mich nicht getötet, aber Sie haben mir geholfen Taynor Manfrid. Ich danke Ihnen.«

Sie befanden sich in einer Halle, erbaut aus bunt zusammengewürfeltem Material, metallisierten Verpackungsstoffen, zusammengeklebten Plastikstreifen, alles eben, was irgendwie Schutz bot. Die Beleuchtung war entsprechend. Hook konnte sich die Frage sparen, ob für den Strom bezahlt wurde oder ob man einfach eine der vielen Versorgungsleitungen der Stadt angezapft hatte.

In einem kleinen Büroraum im rückwärtigen Teil des sonderbaren Baus, eingepfercht zwischen Stützen und netzartigen Verstrebungen, förderte Manfrid ein paar uralte Coveralls zutage. Einst hatten sie wohl in einem hübschen Hellblau geleuchtet, jetzt waren sie grau. Genau richtig für Ryder Hook.

»Wie ich sehe, tragen Sie keine Kreditkarte, Taynor Hook. Erfahrungsgemäß erschwert dies das Leben ungemein.«

Hooks Lächeln blieb aus. »Hin und wieder. Aber ich habe mich mittlerweile daran gewöhnt. In Anbetracht der Arbeit, die Sie hier bei der Moben-Mission leisten,

Taynor Manfrid, wundert es mich eigentlich, daß Sie eine Kreditkarte tragen.«

Wieder strich sich Manfrid seine Tolle zurück. »Lassen wir das förmliche ›Taynor‹ weg. Einverstanden? Ja, was meine Kreditkarte betrifft . . . nun, meiner Herkunft nach gehöre ich zu Pattens, und meine Eltern sorgten dafür, daß ich meine Kreditkarte bekam, sobald ich alt genug war.«

»Früher hatte ich mal mit Pattens zu tun. Eine gute Wirtschaftsorganisation. Eine der besten, glaube ich.«

»Sie mögen die Multisystem-Wirtschaftsorganisationen wohl nicht? Das ist Ihnen anzumerken.«

Hook wurde davor bewahrt, sich eine Antwort ausdenken zu müssen, da der von Manfrid versprochene Drink gebracht wurde. Der Roboter, der ihn servierte — ein kurzes, breites, behäbiges Modell —, war auf Hochglanz poliert, so daß sich in seinem faßförmigen Rumpf alles verzerrt spiegelte. Seine Linsen glühten. Die zwei Beinstummel, ebenfalls blankschimmernd, trugen ihn ruckweise an den Tisch heran.

»Zwei Drinks, bitte sehr«, äußerte er in seiner erstaunlich unmetallischen Stimme, die sogar einen Atemrhythmus vortäuschte.

Um die Mitte trug er ein rot-gelbes Band, dazu eine Anordnung verschiedenster Tentakel und Greifarme. Um welches Modell es sich handelte, hätte Hook nicht zu sagen vermocht, da es eine Vielzahl verschiedener Typen gab. Wollte jemand einen Roboter haben, brauchte er nur die von dem Modell geforderten Aufgaben zu spezifizieren, und die Roboter-Firma der jeweiligen Wirtschaftsorganisation besorgte ein entsprechendes Modell.

Hook leerte das Glas Scotch in drei wohlbemessenen Schlucken.

»Noch einen?«

»Danke, gern, Manfrid. Ich hatte gerade gegessen und wartete auf jemanden, der nicht erschien. Diese Banditen überfielen mich auf dem Rückweg ins Hotel.«

»Ein unglückseliges Beispiel hirnlosen Verbrechertums in der Oberstadt. Es handelt sich dabei nicht um gewöhnliche Kriminelle. Sie kommen aus guten Familien, verfügen über Kreditkarten und Bildung. Die machen es nur, weil sie ein bißchen Aufregung suchen und ein bißchen Metallgeld als Taschengeld.«

»Verstehe. Und die Drachenmädchen?«

»Ach, die. Ja, die sind wieder anders. Hier unten findet man die Verstoßenen, die keine Kreditkarten haben, die vom Pech Verfolgten, deren Intelligenz nicht ausreicht, um das Leben zu meistern. Wracks, Aussteiger, Absteiger — sie landen alle hier unten. Wir versuchen, uns derer anzunehmen, denen wir helfen können. Die Drachenmädchen hingegen sind richtig bösartig. Die töten und berauben alle. Es sind Ausgestoßene.«

»Die Anführerin hatte eine Waffe.«

Manfrid verzog das Gesicht. »Ja. Wir selbst halten nichts von Waffen.«

Hook verkniff sich eine Antwort. Er wußte, daß er jemandem nur sehr schwer klarmachen konnte, welches Verhältnis er zu Waffen hatte.

Jawohl, er zog es vor, ständig bewaffnet zu sein. Jawohl, er würde die Waffe anwenden, wenn jemand ihn zu töten versuchte. Doch ebenso sah er die dunkle Seite, die ungesunden Emotionen, die von Waffen wachgerufen wurden. Mochte er auch noch so fasziniert sein vom Aussehen der Waffen, von der Aura der Waffen, von der immer wieder nötigen Ausbildung an neuen Waffen — nie verlor er das Endprodukt aus den Augen.

Da er Ryder Hook war, wünschte er inbrünstig, dieses Endprodukt möge ein anderer sein — und nicht er.

Manfrid lachte auf. »Sie hatten nicht das Glück, die Drachenmädchen in ihrer ganzen verlockenden Pracht zu sehen, Hook. Sie trugen Coveralls, sagten Sie?«

»Ja.«

»Das war wohl eine Art Tarnung. Sonst tragen sie nur winzige Brustschalen, minimale Lendenschurze, meist in schimmernden grünen Schuppen, Ketten, Metallknöpfen, dazu Pelzstiefel — und dazu die langen Beine — die Wirkung können Sie sich vorstellen.«

»Billig?«

»Würde ich nicht sagen. Die Andeutung einer Chance, und die hätten Sie glatt kastriert. Sie rekrutieren sich aus den Mädchen, die es zu Hause nicht aushalten, die ausreißen, die auf die schiefe Bahn kommen und die — wer könnte es ihnen verübeln — mit Männern lieber nichts zu tun haben wollen.«

»Das ist ihr Schaden.«

»Ja, vermutlich. Na, ich muß mich jetzt um Lissa kümmern und dafür sorgen, daß sie gut untergebracht wird. Sie kann ihr Kind schließlich nicht in irgendeinem dunklen Winkel unter einem Metallpfeiler bekommen. Der Vater steckt natürlich Gott weiß wo.«

»Natürlich.«

»Und — Sie können heute nicht mehr in Ihr Hotel.«

»Ich wollte mich eben bedanken und gehen.«

»Und wie wollten Sie zum Hotel kommen?«

»Hm, verstehe. Taxis gibt's wohl nicht?«

»Hier unten nicht. Und allein zurück nach oben — in der Nacht — nein, Hook. Kommt nicht in Frage.«

Ein Rückweg nach oben bedeutete dunkle Gänge, harte Metalleitern, neben denen beidseits der dunkle

Abgrund lauerte, immer weiter hinauf durch das Gitterwerk, das Gema City stützte.

»Tja, Manfrid, ich habe nicht einen einzigen lausigen Pek bei mir . . .«

»Wir können leider nur wenige aufnehmen, junge Mütter mit Babys, Kinder, Schwangere, Alte und Gebrechliche. Die meisten hier unten verdrücken sich in irgendeine Ecke oder zwischen zwei Streben, oder schlafen, wo immer sich ein Plätzchen anbietet. Ist ein hartes Leben.«

»Sobald ich mit meinem Partner zusammenkomme, kann ich Ihnen alles ersetzen . . .«

»Das ist nicht nötig. Wir sind eine wohltätige Organisation. Wer wie ich in der Moben-Mission arbeitet, verfügt über Vermögen irgendwelcher Art und gibt, was er kann. Es ist unser Lebenswerk.«

»Trotzdem, Manfrid — ich werde mein Scherflein beitragen.«

Manfrid nickte und entfernte sich, um nach Lissa zu sehen. Die Mission war in einer Ecke einer weiten Metallfläche untergebracht, die das Dach irgendeiner geheimnisvollen Maschinenstation bildete. Darunter lag eine Service-Station für Roboter, die dort gewartet wurden, damit sie ihre verschiedenen, für die Stadt bedeutsamen Funktionen zufriedenstellend erfüllen konnten. Natürlich wurden die Roboter und die automatisierten Einrichtungen wieder von Robotern überwacht. Menschen waren nur dazu da, um Stichproben durchzuführen und zu gewährleisten, daß alles reibungslos lief. Was Reparaturen anlangte, so war die Idee des sich selbst reparierenden Roboters natürlich eine fabelhafte Sache. Für sehr reiche Städte. Es war nämlich sehr unwirtschaftlich, jeden Roboter mit dem Selbst-Reparatur-

System auszustatten. Brach ein Roboter zusammen, wurde er zu einer Reparaturwerkstatt gekarrt, wo ihn eigens für diese Zwecke entworfene Roboter in die Kur nahmen. Roboter, die zufällig frei waren und zur Verfügung standen, konnten die extra anfallenden Arbeiten übernehmen. Neben den Roboter-Warten arbeiteten aber auch andere Menschen dort unten. Sie lebten nicht an der Unterseite der Stadt, sondern kletterten hinauf und suchten ihre der Sonne näher gelegenen Heimstätten auf.

Und was die Verbrecher betraf —, die gediehen in dem Sternendurcheinander prächtig, und Gema City auf Puldin hatte den ihr gebührenden Anteil abbekommen.

Hook war nicht müde. Er ging hinaus, um nachzusehen, was in der Kantine los war. Es war dies der Ort, an dem die Moben-Mission sich bemühte, das trübsinnige Leben, das hier unten in der Sub-Stadt geführt wurde, ein wenig aufzuhellen.

Was da an Unterhaltung vorhanden war, stand an einer Wand aufgereiht. Elektronische Spiele piepsten, zirpten und pfiffen vor sich hin, farbige Lichter blinkten, und die Spieler jubelten, wenn sie gewannen, oder stöhnten, wenn sie verloren. Aber alle waren sie versunken im Spiel. An einer kleinen Bar bekam man Soft Drinks mit einem schwachen Schuß Alkohol. Trunksucht sollte nicht gefördert werden.

An der Stirnseite des Raumes ließ eine Hologramm-Wand ein Kaleidoskop strahlender Farben aufleuchten, Musik durchwehte die Luft. Die Musik wurde durch einen Schallwellen-Schirm auf einen Bereich beschränkt, wo Teenager sich drehten und verrenkten. An ein paar Tischen wurden Gesellschaftsspiele und dreidimensionales Schach gespielt. Verschiedene andere Spiele, deren

Beliebtheit alle Altersstufen ansprach, wurden in anderen Bereichen gespielt. Es herrschte der Eindruck, daß man seine Freizeit gerne hier verbrachte und sich aufrichtig amüsierte.

Ob dies die Wahrheit war, wagte Hook nicht zu entscheiden.

Nachdem er sich umgesehen und ein paar belanglose Worte mit Leuten gewechselt hatte, die hier in der Unterstadt ihre Sorgen vergessen wollten, schlenderte Hook hinaus auf die Terrasse — eine Plastikfläche unter einem Schirm, mit ein paar dünnfüßigen runden Tischen und weißen Plastikstühlen ausgestattet. Hier unterhielten sich die Menschen lockerer, und dem Alkohol wurde reichlicher zugesprochen. Hook schlenderte weiter.

Ein an der Hinterwand angebrachter raffinierter kleiner Duftverteiler ließ köstliche Düfte in die ölige und statisch aufgeladene Atmosphäre entströmen. Ein sehr hübscher Einfall.

Über der Imitation einer Lorbeerhecke, die den Patio der Terrasse markieren sollte, endeten einige steil abfallende und spitze Dächer. Ein Roboter schob vorüber, einen Arm schwenkend. Er war auf dem Weg zu den Reparaturwerkstätten und strömte einen Geruch aus, der einem den Magen umdrehte. Der Duftverteiler lief auf vollen Touren.

Hook trat den Rückzug an. Erst als der Abwasser-Roboter vorüber war, wagte Hook sich wieder vor, gerade noch rechtzeitig, um einen keilförmigen Patrouillenflieger am entfernten Ende der Dachfirste entlanghuschen zu sehen. Das Ding glitt sanft über dem Nichts dahin. Unter der Sichtkuppel waren drei Passagiere zu sehen, zwei Männer und ein Roboter.

»Die Stadtpolizei«, sagte ein Mann, der ein Glas an

seinen Leib gedrückt hielt und mit feindseligem Blick hinausstarrte. Er war sauber, denn in der Moben-Mission wurde man sowohl gebadet als gefüttert. Sein schnurrbärtiges Gesicht zeigte die Spuren der Jahre. »Müssen wohl ein wachsames Auge auf uns haben. Die Antriebe sollen ihnen versagen, damit sie runterfallen, diese Schleimscheißer.«

»Ach, so übel sind die gar nicht«, widersprach sein Gesprächspartner, ein Kerl, dessen einziges Auge ebenso böse glitzerte wie das künstliche Auge in der zweiten Augenhöhle. »Viel schlimmer sind die Typen von den Wirtschaftsorganisationen.«

»Ach, die!« spie der schnurrbärtige Penner.

Hook unternahm keinen Versuch, sich an dem Gespräch zu beteiligen. Der Polizeiflieger zischte weiter und verschwand hinter einem Tank, der zweifellos duftendes Badewasser für das hoch oben in der Sonne thronende Hotel enthielt.

Er sah, daß Manfrid sich mit zwei jungen Burschen unterhielt, von denen keiner viel über vierzehn war. Sie waren zerlumpt, zerrauft, dümmlich — und furchtbar mager. Der eine, dem die Reste einer gelben Jacke um die spitzen Schultern baumelten, hielt einen Aktenkoffer an sich gedrückt. Manfrid sah aufgebracht und besorgt aus. Hook schlenderte zu ihm hinüber.

»Jetzt hör gut zu, Buddy«, sagte Manfrid eben in seinem ernsten Wohltäterton, ein Ton, dem es an den dunkleren und psychologisch verdammenden Untertönen mangelte. Hook respektierte Manfrid, wie er jeden in der ganzen feindlichen Galaxis respektierte. Manfrid versuchte Gutes zu tun, so gut er konnte.

Buddy plärrte los: »Aber Manfrid! Wir haben ihn gefunden! Das schwöre ich!«

»Das stimmt«, ließ sich sein Freund ebenso schrill vernehmen.

»Wir haben ihn gefunden. Wir haben ihn nicht geklaut!«

Hook vermutete, daß hier unten die Regel »Finden gleich Klauen« nicht galt. Hier unten hieß es »Wer findet, der behält«.

Manfrid schüttelte den Kopf. Er strich die widerspenstige Stirnlocke zurück.

»Buddy, Treddy, wenn ihr etwas findet, müßt ihr es dem Eigentümer zurückgeben. Tut ihr es nicht, dann ist es Diebstahl.«

»Ach, kommen Sie! Nein!«

Hook ging näher heran und setzte sein fratzenhaftes Lächeln auf, das einen Stein erweichen konnte, wenn er es darauf anlegte, obwohl er es natürlich niemals zugegeben hätte.

»Darf ich mal sehen?«

Die zwei Jungen fuhren herum. Es waren Nichtsnutze reinsten Wassers, junge Gauner, die davon lebten, daß sie den Müll durchstöberten und alles mitgehen ließen, was nicht niet- und nagelfest war. Waren sie hungrig, dann durften sie sich dank der Moben-Mission den Magen vollstopfen. Stumm reichten sie Hook, in dem sie ein dunkles Machtzentrum witterten, den Aktenkoffer.

Hook nahm ihn vorsichtig in Empfang und besah sich das Ding.

Als erstes . . . »Aha. Dachte ich mir's doch. Seht her, Jungs.« Er deutete auf den winzigen Schraubenkopf im Metall der Schlösser. »Eine Sprengfalle. Wenn man die Schlösser aufbricht — bumm.«

Buddy und Treddy erbleichten sichtlich.

»Donnerwetter, Taynor!« brachte Buddy heraus.

Treddy biß sich auf die Unterlippe. »Sie kennen sich damit aus, Taynor?« sagte er schließlich.

»Ein wenig.«

Hook wandte sich ab und fuhr mit der Rechten blitzschnell an seine Stiefel — die berühmten alten, schwarzen Stiefel Ryder Hooks. Als er sich wieder umdrehte, hielt er einen winzigen Dietrich zwischen den Fingern.

Manfrid sagte vorwurfsvoll: »Aber Hook! Sie dürfen das nicht öffnen. Es gehört nicht uns.«

»Wenn wir das Ding nicht aufmachen, wissen wir nicht, wem es gehört, und wenn wir nicht wissen, wem es gehört, können wir es nicht zurückgeben.«

»Aber das ist doch ganz einfach. Wir bringen es zur Polizei.«

»Ich geh' nicht mit!« rief Buddy.

»Ich auch nicht!« stimmte Treddy zu.

Hook lächelte. Er entschärfte die Sprengfalle, nahm noch eine genaue Untersuchung vor und brach die Schlösser auf. Der Deckel klappte hoch.

»Mann!« sagte Treddy.

»Wahnsinn!« sagte Buddy.

Manfrid sagte gar nichts. Er kniff die Lippen so zusammen, daß sein Ausdruck Hook Angst gemacht hätte — damals, ehe er im Strudel der Sterne verschwunden war, um ein galaktischer Einzelgänger zu werden, ein interstellarer Abenteurer.

Zuoberst im Koffer lag eine Tonota Achtzig, eine starke Energiewaffe, die ein paar hübsche Besitztümer zu Nichts zerstäuben konnte. Die Handfeuerwaffe lag auf ordentlich gestapelten Banknotenpäckchen und ein paar durchsichtigen Plastikbeuteln mit Metallgeld. Des weiteren enthielt der Koffer drei braune Aktenordner, mit Kombinationsschlössern aus Metall gesichert, und eine

Ausgabe eines gepfefferten Tridi-Magazins. Daneben lag ein Plastikbeutel mit einem Schinken-Sandwich, einem Apfel und einer Verdauungstablette.

Doch der Gegenstand, der Hooks Interesse fesselte, war eine kleine Plastikbox, braun, mit drei rot-gelben Bändchen herum. Wie der schwarze Aufdruck lautete, hätte er im Schlaf hersagen können.

»Das wär's«, sagte er, und setzte dann hinzu: »Einen Augenblick, Freunde. Sicher ist sicher.«

Aus seinem Stiefel förderte er eine kleine Metalldrahtschlinge zutage und formte sie sich zurecht. Damit fuhr er vorsichtig über den Aktenkoffer und dessen Inhalt. Vom Koffergriff hing ein Stück Kette, bestehend aus drei Gliedern. Das vierte Glied war ein Stückchen geschmolzenes Metall.

»Jemand hat den Koffer dem Besitzer weggeschossen«, äußerte Buddy, in dem Bestreben, hilfreich zu erscheinen.

»Ja, und gefunden haben wir das Ding hinter Ma Garberers Reinigung, wo es hinfiel«, ergänzte Treddy.

Hook spürte das Vibrieren in der Drahtschlinge.

»Jungs, ihr habt euch Ärger eingehandelt.« Er schaute auf und schickte einen Blick in die sich vertiefende Dunkelheit jenseits der Lichter. »Hier drinnen steckt eine Wanze und schickt ein Signal aus, das die Besitzer des Koffers herholt. Mich wundert nur, daß sie nicht schon längst aufgekreuzt sind.«

»Hätte ich mir denken können«, meinte Manfrid. »Jetzt sind sie da.«

Aus dem Nichts hinter dem Dächergewirr fegte ein Flieger heran, mitternachtsblau mit einem flammenden goldenen Kometen als Emblem auf dem Heck. Die Sichtkuppel glitzerte. Und aus dem Bug ragten die Mündungen zweier Hochenergiewaffen. Sie waren direkt auf die Gruppe auf dem Patio gerichtet.

Ryder Hook hatte die Methoden der Vollstrecker kennengelernt. Die würden nicht zögern zu feuern, weil sie darauf versessen waren, jeden Gegner hinwegzufegen. Bei denen wurde erst geschossen und erst hinterher auf Fragen geantwortet — falls sie es nicht vorzogen, sich in Schweigen zu hüllen.

Man mußte kein Genie sein, um zu erraten, daß ihr Interesse einzig und allein den Akten im Koffer galt, obwohl die Duplikate wahrscheinlich im Computer der Wirtschaftsorganisation gespeichert waren. Der Befehl lautete vermutlich, denjenigen umzulegen, der den Koffer hatte, weil der Verdacht nahelag, daß ihn ein Agent einer anderen Wirtschaftsorganisation entwendet hatte.

Die Multisystem-Konglomerate wucherten in der ganzen Galaxis. Sie existierten in großer Zahl, bekämpften einander bis aufs Messer, arbeiteten mitunter auch Hand in Hand. Wurde man in eine Wirtschaftsorganisation hineingeboren, dann blieb man bis zum Tod darin.

Und keine von ihnen hatte viel für OS übrig, für Organisationsspionage. Der Mann oder die Frau, die die Kreditkarte einer Wirtschaftsorganisation trugen, konnten sich diese auf chirurgischem Weg entfernen lassen, so wie sie implantiert worden war, und sich dann eine andere Kreditkarte aneignen. Dann konnte diese Person mit falschem Namen und Bankkonto in die Organisation eindringen, die man aufs Korn genommen hatte. Die gute alte OS. Nein. Wer immer unter diesen Verdacht geriet, würde auf der Stelle in Atome zerstäubt werden.

Der Aktenkoffer war eindeutig Eigentum eines Managers einer Wirtschaftsorganisation. Er war erschossen worden. Ein Energiestrahl hatte ihn zu Nichts zerstäubt und die von seinem Handgelenk zum Koffer führende Kette zerrissen. Und der Koffer war herabgefallen, um schließlich hinter Ma Garberers Reinigung zu landen.

Und jetzt waren die Schnüffler der Wirtschaftsorganisation da und richteten sich nach dem Piepser und dem darauf reagierenden Licht in ihrem Flieger wie Bluthunde, die die Fährte des Koffers aufgenommen hatten.

Hook ließ die Drahtschlinge von neuem um den Koffer kreisen. Die genaue Position der Wanze ließ sich schwer feststellen.

Die Schnüffler in ihrem Flieger mit den schußbereiten Energiewaffen würden keine Zeit verlieren. Die würden nicht lange fackeln. Sie wollten den Koffer, gewiß. Aber ebenso sicher war, daß sie ihn und seinen Inhalt vernichten würden, da die wichtigen Unterlagen ohnehin gespeichert waren und sie nicht einer feindlichen Wirtschaftsorganisation in die Hände fallen durften.

Also würde man schießen. Die Leute auf dem Patio würden einfach weggepustet werden. Die Kantine würde zerschossen werden und alle, die es sich hier drinnen gut gehen ließen. Die verheerende Kraft der Energiewaffen würde Tod und Feuer sprühen und die Moben-Mission hier in der Unterstadt restlos zerstören.

3. Kapitel

Die Zeit wurde knapp. Der blaue Flitzer schoß weiter, um einen vollen, Selbstvertrauen ausdrückenden Kreis zu beschreiben, großzügig, ausholend, bis er wieder auf seinem ursprünglichen Kurs war.

Hook wußte genau, warum der Flieger der Wirtschaftsorganisation so reagierte. Die Verfolger, die dem Aktenkoffer schon auf der Spur gewesen waren, hatten die Fährte der Wanze verloren. Der Grund hierfür lag im Inneren von Hooks Schädel. Sein Kopf war organisch mit einem umfassenden Apparatesystem verkabelt worden, als er für den Geheimdienst der Armee der Erde tätig gewesen war. Damals war er mit antihomotropischen Einrichtungen ausgerüstet worden, mit denen er in fremde Systeme eindringen konnte. Er verfügte jedenfalls über jede Menge technischer Mätzchen, die ihm halfen, in der feindseligen Galaxis zu überleben.

Solange er sich also in ausreichender Entfernung von der Wanze im Aktenkoffer befand, konnte das in seinen Schädel implantierte Zeug die Fährte verwischen. Das bedeutete, daß die Wanze von minderer Qualität war, irgendein Billigprodukt.

»Was meinen Sie, was werden die jetzt tun?« sagte Buddy, der nervös den über den Dächern dahinziehenden Flieger beobachtete.

»Werden die auf uns schießen?« fragte Treddy, drehte sich um und rannte davon. Buddy wollte ihm nach, hielt jedoch kurz inne. Hook wußte genau, was er tun würde.

Er ließ es zu. Buddy langte mit beiden Händen in den Koffer und holte die mit Metallgeld gefüllten Plastikbeutel heraus. Gleich darauf lief er davon und verschwand von der Terrasse. Als letztes sah Hook, wie er eine Leiter hinunterkletterte, sich mit einer Hand festhaltend.

»Ich . . . ich weiß nicht . . .«, setzte Manfrid an.

»Die Typen, die hinter dem Koffer her sind, werden das Naheliegende tun. Sie haben die Mission gesehen. Sie werden schon sehr bald hier sein. Ich denke, zuvor sollte ich . . .«

Hook wurde mit einer Geschwindigkeit aktiv, die Manfrid verblüffte.

Er kippte die Banknoten heraus, nahm die Tonota Achtzig und legte sie auf den metallverkleideten Boden. Daß er die kleine braune Plastikbox mit dem rot-gelben Band in den rechten Ärmel schob, entging Manfrid. Wenn Hook sich schnell bewegte — auch in Normalzeit —, so hieß das wirklich schnell.

Er knallte den Aktenkoffer zu, in dem das Lunchpaket, das schlüpfrige Magazin und die so wichtigen Akten übriggeblieben waren. Dann warf er den Koffer mit einer kraftvollen Bewegung über die Lorbeerhecke hinauf aufs Dachgewirr. Der Koffer schlug auf die Kante auf, verharrte einen Moment in Balance, um dann außer Sicht zu verschwinden.

Hook griff nach der starken Energiewaffe.

»Also, Manfrid«, sagte er seelenruhig, »wenn die jetzt kommen und uns dumme Fragen stellen — was mit Sicherheit der Fall sein wird —, wissen wir vom Aktenkoffer überhaupt nichts. Kapiert?«

»J — ja . . .«

»Die Knarre hier verstecke ich so, daß niemand sie findet. Über diesen Punkt brauchen Sie sich keine grauen Haare wachsen zu lassen. Und was das Geld anlangt . . . sicher haben Sie dafür Verwendung.«

»Aber Hook! Das ist Diebstahl!«

»Nein, eigentlich nicht. Der Betrag, um den es hier geht, ist klein. Diese Schnüffler sind bereit, die Akten und alles andere zu vernichten. Und, Manfrid, *alles* andere bedeutet in diesem Fall auch *jeden* anderen. Wenn die ihr Geld schon nicht zurückhaben wollen, dann können diese Unglücklichen hier es vielleicht gut gebrauchen. Also, ich finde das sehr vernünftig.«

»Vielleicht . . . wenn man es so sieht. Ich habe aber immer noch Bedenken.«

»Ich auch. Wenn diese Wirtschaftsorganisationen bei ihrer Arbeit wenigstens etwas mehr Humanität erkennen ließen . . . aber sie tun es nicht, und damit halte ich diese Debatte für beendet.«

Der Flieger verharrte in der Luft. Dann stieß er nach unten, vollführte einen Sturzflug.

»Jetzt haben sie die Fährte wieder aufgenommen. Hoffentlich stoßen sie nicht auf Buddy oder Treddy.«

Der Flieger pfiff vorüber, nach unten, und verschwand in den Tiefen.

»Wenn der Koffer geschlossen wird, reaktiviert sich automatisch die Sprengfalle. Falls diese zwei Schnüffler nicht über die richtige Information oder den Schlüssel verfügen und versuchen, den Koffer zu öffnen — dann knallt es.«

»Das wäre Ihnen doch gleichgültig, oder nicht, Hook?«

»Warum sollte es mir nicht einerlei sein?«

Manfrid strich die Stirnlocke zurück und versuchte erst gar nicht, darauf zu antworten.

Statt dessen sagte er: »Ich schätze, die nehmen das Ding mit in ihre Zentrale.«

»Mag sein.«

Während dieser Geschehnisse hatten die anderen auf der Terrasse sich Luft gemacht, indem sie den Flieger mit üblen Beschimpfungen belegten. Hook hatte die Vorgänge um den Koffer größtenteils mit seinem Körper abgeschirmt, und außerdem war die Zeitspanne unglaublich kurz, die von seinem Eingreifen an bis zu dem Augenblick vergangen war, als er den Koffer ins Nichts hatte verschwinden lassen.

»Ich sollte nachsehen, wie es Lissa geht«, meinte Manfrid. Es war ihm anzusehen, wie unsicher er war.

»Klar doch. Ich hänge hier noch ein bißchen herum.«

Manfrid kniff die Lippen zusammen. »Man weiß nie«, sagte Hook. »Die Typen könnten ein paar Fragen stellen. Und zwar genau hier.«

Als Manfrid sich getrollt hatte, entschied sich Hook, von einem Drink Abstand zu nehmen. Er lehnte sich lässig an die Ballustrade und kehrte dabei den anderen auf der Terrasse den Rücken zu.

Er holte die braune Plastikbox aus dem Ärmel — nicht mit jener verheerenden Geschwindigkeit, die ihm zu Gebote stand, sondern eher mit glatter Geschmeidigkeit. Das Produkt war von guter Qualität, sehr verläßlich, und das zählte für ihn. Er klappte den schmalen Deckel auf und schob den offenen Behälter fest auf die Nachladeöffnung des Magazins seiner ins Handgelenk implantierten Disgel-Waffe. Beim Laden ertappte er sich nicht zum ersten Mal bei dem Wunsch, mehr über das Fabrikat dieser Waffe zu wissen.

Das war typisch für einen Teil seiner Persönlichkeit. Ryder Hook wußte gern ganz genau, womit er zu tun hatte, wenn es sich um etwas handelte, das für ihn sehr wichtig war.

Wenn es ihn nicht betraf, dann kümmerte es ihn keinen Deut.

Als das Magazin nachgeladen war, löste er die Nachladebox und warf sie mit einer lockeren, aus dem Handgelenk kommenden Bewegung hinaus über die Dächer und in die Tiefe jenseits davon.

Zwei Minuten, nachdem er sich der Box entledigt hatte, kam der blaue Flieger wieder in Sicht.

Hook sah ihm gelassen entgegen. Das Gefährt schimmerte unter den vielfachen in verschiedenen Winkeln einfallenden Lichtstrahlen wie ein Nachtfalter. Es ging höher, machte langsam kehrt, und Hook wußte genau, daß die Insassen die Moben-Mission, die Terrasse und die Menschen genau unter die Lupe nahmen.

Wenn die Typen nur eine falsche Bewegung machten . . . Seine Hand berührte den Griff der Tonota Achtzig.

Der Flieger machte kehrt und entfernte sich. Hook spürte mit absoluter Sicherheit, daß die Typen das Interesse an der Mission verloren hatten. Das konnte nur bedeuten, daß sie den Aktenkoffer entdeckt hatten.

Wieder tauchte der Flieger auf und verharrte in der Luft. Hook riß die Hand hoch, um die Augen gegen die Explosion abzuschirmen. Der Flieger zerstob. Eben noch war er ein schönes, schimmerndes nachtfalterähnliches Luftgeschöpf gewesen, und im nächsten Augenblick war er ein häßliches qualmendes Stück Metall, aus dem Flammen schlugen und Trümmer sprühten. Der Feuerschein erhellte den finsteren Irrgarten der Unterstadt.

Die Menschen auf der Terrasse schrien entsetzt auf. Alle starrten sie zu dem Rauchgebilde hin, das sich auflöste und sich in Rauchfahnen davonschlängelte, während große und kleine Trümmerstücke in die Tiefe fielen.

Das Geräusch der Explosion ließ Hooks Zähne klappern.

Manfrid kam kreidebleich herbeigelaufen.

»Was —?«

»Da war jemand neugierig oder habgierig. Mit Sicherheit aber strohdumm.«

»Die haben den Koffer geöffnet?«

»Zumindest den Versuch gemacht.«

Manfrid holte tief Luft und versuchte, seine Schützlinge zu beruhigen, die schon zuviel Gewalt auf dieser Welt kennengelernt hatten, ganz zu schweigen von der Galaxis, die dort draußen ungerührt ihre Bahnen zog.

Zu Hook gewandt sagte er: »Das heißt also . . . «

»Richtig.«

»Wie schrecklich. Trotzdem . . . es ist eine Erleichterung. Ich . . .«

»Manfrid, nur keine Schuldgefühle . . . nur das nicht! Rührseligkeit ist hier wirklich nicht angebracht. Wären diese Typen auch nur halbwegs fähig gewesen und hätten sich nicht wie schwachsinnige Mißgeburten aufgeführt, dann wären sie noch am Leben.«

»Ja, vermutlich.«

»Daran kann kein Zweifel bestehen, wie der Prophet sagt.«

»Aber trotzdem . . .«

»Bei Dirty Bertie Bashtis eitrigen Augäpfeln!« fuhr Hook ihn an. »Was wollen Sie denn? Marmelade drauf?«

Manfrid besaß soviel Anstand, sich umzudrehen und über das Thema kein Wort mehr zu verlieren.

Die Moben-Mission war eine richtige Wohltätigkeitsorganisation, eine Einrichtung, die sich der Armen und Unglücklichen annahm. Leider waren die finanziellen Mittel der Mission nicht unerschöpflich. Hook mußte diese Nacht in einer mit Papier ausgelegten Packkiste verbringen und durfte sich noch glücklich schätzen. Er schlief gut. Um Ryder Hook ernsthaft aus der Fassung zu bringen, bedurfte es mehr als der Ereignisse des vergangenen Tages.

In der Früh aß er das übliche, von der Mission zur Verfügung gestellte Frühstück und überdachte dabei seine nächsten Schritte.

In einer Galaxis, in der Mikro-Verkleinerungen eine

geradezu phantastische Winzigkeit angenommen hatten, war es nicht weiter schwierig, eine tödliche Waffe in Kleinstformat herzustellen. Die Dellings samt den ihnen verwandten Gelmix-Waffen waren die überzeugenden Beweise. Und doch blieb die merkwürdige Tatsache, daß viele Menschen, sehr viele sogar, das Gefühl einer großen Knarre in der Hand vorzogen. Hook kümmerte es nicht, welche Waffe er benutzte, solange sie das leistete, was man ihr abverlangte.

Er wollte sich an die Tonota Achtzig halten.

Leider konnte er in seinem geborgten Coverall das Ding nicht unauffällig unterbringen. Die Tonota wäre aufgefallen wie ein schwarzer Turm in einer Reihe weißer Schachfiguren. Deshalb machte er sich auf den Weg in Richtung Küche.

Der Koch war ein pelziger Cailiang, der ungehalten mit dem Schwanz wedelte und Hook sofort hinausscheuchen wollte.

Mit enormem Aufwand an Überredungskunst und Schmeichelei, der allen jenen einen Riesenschreck eingejagt hätte, die Hook besser kannten als dieser Koch von Cailiang, besänftigte er dessen Ärger.

»Ich wollte ja nur sagen, wie großartig ich das Frühstück fand, Meister. Und gestern das Abendbrot. Weiß gar nicht, wie Sie das schaffen . . . wenn man bedenkt, wie begrenzt die Mittel hier sein müssen.«

Das pelzige Wesen reckte sich stolz auf und klopfte mit seinem fetten Schwanz auf den Boden.

»Schön zu wissen, daß jemand meine Bemühungen zu würdigen weiß. Es ist ja nicht so, daß wir Zutritt zum Versorgungsdienst der Stadt hätten. Und wenn wir das Röhrensystem anzapfen — die wären im Handumdrehen hier unten und würden uns hinter Gitter schaffen.«

»Kann ich mir denken. Ein schwieriges Leben hier unten.«

Nach einer weiteren Dosis banaler Schmeicheleien bekam Hook, was er wollte.

Er ging zur Spüle und schwemmte die Metallfolientüte mit heißem Wasser und Spülmittel gründlich aus. Der Sack hatte ein Sojagemisch enthalten, aus dem der Koch einen Auflauf gebraut hatte, der gar nicht so schlecht gewesen war. Jetzt säuberte Hook die Tüte. Die Tonota Achtzig würde genau hineinpassen. Er konnte die Tüte bequem an den Henkeln tragen. Das metallene Material würde alle durchdringenden Röntgenstrahlen und andere Sicherheitseinrichtungen blockieren. Zumindest — und jetzt runzelte Hook die Stirn — zumindest würde das Material Geräte minderer Qualität, also Billiggeräte, blockieren. Verfügte das Hotel über hochempfindliche Detektoren, dann würde die ganze Sache anders aussehen.

Für die fabelhaften Einrichtungen in seinem Kopf war das Abwehren eines Detektors auf Distanz und das Blockieren einer Sicherheitseinrichtung aus geringer Entfernung zwei völlig verschiedene Paar Schuhe.

Lissas Baby, ein niedliches Mädchen, war gesund auf die Welt gekommen, und alle fanden sich auf der winzigen Erste-Hilfe-Station der Mission ein, um Mutter und Kind zu beglückwünschen. »Krankenhaus« konnte man die mit Packkisten abgeteilte und zwischen zwei Pfeiler gepferchte Koje nicht nennen. Doktor Rosa Mikkola, der man die Erschöpfung und die Freude über den Erfolg ansehen konnte, lächelte dem Neugeborenen und der jungen Mutter zu.

Auch Hook kam angetrabt, um seine Aufwartung zu machen.

Aus einem winzigen Eckchen Material, das er von der Tüte abriß, formte er eine hohle Form. Er steckte die Metallfolie auf einen Finger und bearbeitete das Zeug so lange, bis es tatsächlich aussah wie ein Fingerling.

Lissa lächelte ihm zu. Sie wußte nicht recht, was sie von diesem großen, unheimlichen Kerl halten sollte, dessen Teufelsgesicht wie aus Granit gemeißelt schien, der aber mit ihrem Baby ganz liebe und sanft turtelte.

»Danke, Taynor Hook. Sie sind sehr freundlich.«

Hooks Lächeln hätte einen Wasserspeier vor Grauen zerbröckeln lassen. Aber Lissa verstand.

Doktor Rosa Mikkola steckte die Hände entschlossen in die Taschen ihres weißen Ärztekittels und sagte: »Und jetzt alles raus. Mutter und Kind brauchen Ruhe! Los!«

Sie war eine gutgebaute Person mit weichem Blondhaar und einem Mund, der die Neigung zu sinnlicher Fülle gezeigt hätte, wären die Lippen nicht stets befehlsgewohnt und unerbittlich zu einem geraden Strich zusammengekniffen gewesen.

Alle, auch Hook, beeilten sich.

Er drehte sich im Eingang um.

»Denken Sie daran, Tayniss Lissa. Das ist nur ein Vorgeschmack auf einen richtigen Däumling.«

Sie nickte lächelnd und fing an, ihr Hemd aufzuknöpfen. Zu den Mahlzeiten durfte man ein Baby nicht warten lassen.

Natürlich gab es oben in der super-zivilisierten Welt, oben in der Sonne, viele Frauen, die ihre Babys nicht stillen wollten. Vielleicht war das ein Trick von Mutter Natur, um das Gleichgewicht zwischen arm und reich wiederherzustellen.

Hook gab Manfrid Bescheid, daß er wiederkommen würde. Er bedachte Doktor Rosa Mikkola mit einem wachsamen Blick, der auch nicht den Anflug eines Lächelns enthielt, ehe er seinen Aufstieg in den Irrgarten der Stadt begann, um ein Telefon zu suchen, von dem aus er ein Taxi herbeirufen konnte.

4. Kapitel

»Wo zum Teufel hast du bloß gesteckt?«

Bretts wilde Welpak-Züge drückten äußerste Besorgnis aus. Die Männer der Rasse Homo welpak hatten eine Schwäche für übertriebene Haartrachten und schwelgten in Flechten und Zöpfen, in deren Fülle sie reichliche Edelsteine flochten. Die meisten wenn nicht gar sämtliche Steine waren künstlich. Bretts schräge Augen unter den dichten Brauen sahen Hook an, als wäre dieser unter einem Stein hervorgekrochen. Und in einem gewissen, sehr realen Sinn war er das tatsächlich.

»Zuerst fielen ein paar Gauner über mich her, und dann versuchten es ein paar dumme Drachengören. Brett, die Nacht hatte es in sich.«

Von der Moben-Mission sagte Hook nichts.

Bretts nach unten gewölbter Mund in der keilförmigen Kieferpartie drückte großen Abscheu aus. Sein Stummelschwanz zuckte.

»Ja, kann ich mir denken. Es gab eine Meldung . . .«

Hook unterbrach ihn.

»Was zum Henker ist mit unserem Kontaktmann los?«

Jetzt wurde Bretts fremdartiges Gesicht gräßlich in seiner Wildheit.

»Der rief mich an, als du weggegangen warst. Er wollte

uns warnen. Eine Wirtschaftsorganisation — PLP, sagte er — hätte ihre Späher in der Lobby auf der Lauer. Hättest du wie jeder andere eine Kreditkarte, dann hätte ich dich gerufen . . .«

»Ich habe die Burschen in der Lobby gesehen. Sie sahen nicht gerade vertrauenerweckend aus, deswegen ging ich ihnen aus dem Weg. Also deswegen ist der Kontaktmann nicht aufgekreuzt.«

Als Einzelgänger war Hook bislang in einer Galaxis, in der Kreditkarten und fette Bankkonten als lebenswichtig galten, gut durchgekommen, und er hatte nicht die Absicht, diesen Umstand zu ändern. Er hatte den Taxi-Roboter zwar mühsam überzeugen müssen, daß er die Fahrt bezahlen konnte. Am Ziel angekommen, hatte er Brett übers Taxi-Telefon anrufen müssen. Mit Bretts Kreditkarte war dann im Hotel das Taxi bezahlt worden.

»Na schön. Haben wir einen zweiten Termin mit ihm?«

Brett runzelte die Stirn. »Wir müssen warten, bis er sich rührt. Er ist untergetaucht.«

»Na, dann vergessen wir ihn lieber. Es gibt jede Menge Leute, die bereitwillig ihre Großmutter verkaufen, nur um an das Männlichkeits-Gen heranzukommen.«

»Das stimmt. Aber wie ist die PLP auf uns gestoßen?«

»Nicht auf uns, Brett. Auf deinen bescheuerten Kontaktmann.«

Doch das war nicht schwer zu verstehen. Sobald auch nur der Schatten eines Gerüchts im Umlauf war, daß es Nachschub an Männlichkeits-Gen gab, würden die Mächtigsten der Welt — jeder Welt — sich einmischen und versuchen, den Handel an sich zu reißen. Daran konnte kein Zweifel bestehen. Das Männlichkeits-Gen, kurz Vilgen genannt, wurde von allen heiß begehrt. In flüssiger Form oder als Tablette eingenommen — letztere Methode war beliebter —, verlängerte und bereicherte es das Liebesleben, eine Eigenschaft, die von Männern und Frauen gleichermaßen über alles gestellt wurde, was die Galaxis zu bieten hatte.

Noch immer debattierend, gingen sie hinunter in die Lounge, um sich eine kleine Vormittagserfrischung einzuverleiben.

Schließlich berichtete Brett Hook, was die Nachrichten gebracht hatten. »Es heißt, daß eine Bande von Drachenmädchen den Manager einer Wirtschaftsorganisation überfiel und einen Flieger hochgehen ließ. Das hat ziemliches Aufsehen erregt. Würde mich nicht wundern, wenn Dobermann ein Strafkommando in die Unterstadt schickt.«

Hook wollte das nicht gefallen.

»Das ist nicht unser Problem. Wir müssen dafür sorgen, daß wir den Rest von dem Zeug verhökern und dann verschwinden.«

Also gehörte der Flieger mit dem glänzenden goldenen Kometen Dobermann. Dieser Planet Puldin wurde von einer starken Zentralregierung beherrscht, die auch die Rohstoffquellen und Dienstleistungen kontrollierte. Wirtschaftsorganisationen waren hier auf die übliche Weise tätig und bekämpften einander. Alle waren sie bereit zuzuschlagen und den Planeten ganz zu übernehmen. Jede Organisation war von der Angst beherrscht, daß eine andere die totale Vorherrschaft gewinnen könnte, suchte daher nach Verbündeten und versuchte, Rivalen auszustechen, um schließlich selbst alles übernehmen zu können.

Ein Großteil des von der Zentralregierung gesteuerten Kommunikationsnetzes war nicht imstande, einen Service zu unterhalten, der für alle verfügbar war. Die Profite, die das Gesamtnetz in Betrieb hielten, stammten aus einigen wenigen starkfrequentierten Verkehrsverbindungen zwischen den größeren Städten.

Hook und Brett lehnten Alkohol ab und bestellten Softdrinks. Die Lounge war ziemlich leer. An der Bar hockte vornübergebeugt ein großer dunkler Krif-Mann. Die Krifs hielten sich für absolute Spitze und stellten eine eingebildete, arrogante und mächtige Rasse in der Galaxis dar. Er sah den Homo sap und den Homo welpak an, knurrte und nahm einen tiefen Zug aus seinem Glas. Es war Alkohol.

Nach einer Weile kamen sie rein aus Höflichkeit miteinander ins Gespräch. Die neuesten Nachrichten wurden durchgekaut. Hook versuchte abzuschätzen, ob dieser verdammte Krif als Käufer in Frage käme. Sicher würde Brett einverstanden sein.

»Sie haben uns rausgedrängt«, sagte der Krif, der sich als Gorman vorgestellt hatte. »Genau in dem Augenblick, als ich den Handel perfekt machen wollte. Verdammtes Pack, diese Sieur-Stell.«

Sie gaben mitfühlende Geräusche von sich. Gorman fuhr fort: »Und ich werde Ihnen sagen, Taynors. Die hiesige Zentralregierung erfand und entwickelte ein brandneues Übermittlergerät. Eine eigene Produktionsmöglichkeit hatte sie nicht, deswegen brachte sie die Wirtschaftsorganisation dazu, das Zeug zu fertigen, und die war einverstanden, unter der Bedingung, daß sie die Lizenz bekam, daneben ihre eigenen Übermittler-Geräte zu verkaufen. So sah das Abkommen aus.«

Hook nahm schweigend einen Schluck, halb hinhörend, halb um sich sehend.

»Und was hat die Organisation gemacht? Sie war einverstanden, die halbe Produktion unter dem Namen der Zentralregierung zu verkaufen, und die andere Hälfte unter eigenem Markennamen. Sie fabrizierten die Dinger also, versahen dann aber alle mit dem Namen der Organisation.«

»Und dann verlangte die Zentralregierung vermutlich, sie sollten die Namen wieder abmachen«, sagte Brett ein wenig gereizt.

»Ja, sicher.« Der Krif trank wutentbrannt einen Schluck. »Und wie. Man hat das tatsächlich verlangt. Aber die Organisation brauchte ein halbes Jahr zum Entfernen des Namens, und in dieser Zeit waren die Geräte unter ihrem Namen auf dem Markt. Die Zentralregierung hatte dann verdammte Schwierigkeiten, ihre eigenen loszuwerden.«

»Typisch Wirtschaftsorganisation.«

»Die Geschichte geht weiter. Eine Tochterfirma mit der Bezeichnung Hermes wurde aufgezogen, um beim Kommunikationssystem mitzunaschen: Natürlich haben die Wirtschaftsorganisationen ihre eigenen Leute in der Regierung.«

»Natürlich.«

»Und die richteten es so ein, daß Hermes nur die paar fetten saftigen Strecken bekam, die Profit abwarfen. Die kleinen Strecken, die die Menschen auf dem übrigen Planeten versorgten, blieben der Zentralregierung überlassen — und die schrieb weiterhin Verluste.«

»Eines muß man den Wirtschaftsorganisationen lassen«, meinte Brett. »Gerissen sind sie.«

»Wenn eine Planetenregierung mit den Organisationen nicht fertig wird, dann wird sie von denen geschluckt«, sagte Hook.

»Also gut, wenn Puldin bald von denen verschlungen

werden soll, sehen wir zu, daß wir weiterkommen.« Brett beäugte den Krif aufmerksam, und Hook merkte, daß er ihn als potentiellen Käufer abschätzte. Gelang es ihnen, das restliche Männlichkeits-Gen klammheimlich zu verkaufen und abzuhauen, war die Sache gelaufen. So sah jedenfalls der Plan aus.

Und danach . . . Nun, der Sternenwirbel dort draußen glänzte, glitzerte und winkte . . .

Als eingeschworener Einzelgänger pflegte Hook sich nur gelegentlich mit einem Partner zusammenzutun, meist zu einem ganz speziellen Zweck wie eben jetzt. Brett war eigentlich nur eine Zufallsbekanntschaft. Sie waren übereingekommen, das Männlichkeits-Gen von Shyle zu holen. Der Planet und der Gewinnungsprozeß des Gens waren in geheimnisvolles Dunkel gehüllt. Viele Männer und Frauen hatten bei dem Versuch, hinter das Geheimnis zu konnen, ihr Leben lassen müssen.

Falls Brett mit einer selbst zusammengestellten Organisation zurück auf den Planeten Shyle wollte, dann würde er, Hook, vermutlich mitmachen. Aber irgendwie schob sein Bewußtsein das Thema von sich. Er wollte nicht an das denken, was er verloren hatte. Er hatte das Gefühl, dem Wahnsinn gefährlich nahezukommen, wenn er an Iola Gervase dachte. Aus diesem Grund dachte er nicht an sie. Er versagte sich jeden Gedanken an Iola Gervase, Projektfrau.

An Shaeel und Karg hingegen dachte er. Das waren die einzigen zwei Wesen in der Galaxis, an denen Hook etwas lag. Als Hermaphrodit hatte Shaeel einiges auszustehen. Ein Glück, daß Karg, ein Flovett und als solcher eine wandelnde Vernichtungswalze, mit ihm zusammen war. Ja, vielleicht würde Shaeel mit ihm Verbindung aufnehmen, damit sie zusammen ausschwärmen und sich ein neues Abenteuer suchen konnten, oder vielleicht würde er doch nach Shyle zurückgehen . . .

Als erstes mußte er den Planeten Thalius finden.

Thalius.

Iola Gervase hatte gesagt, sie würde dorthin gehen und neue Aufgaben in einem neuen Job übernehmen, und erwarte, daß Hook ihr folgte. Sie liebte Ryder Hook. Daran zweifelte er ebensowenig, wie er an seiner Liebe zu ihr zweifelte.

War das nicht wunderbar? Was das nicht göttlich? Konnten sie nicht zusammen leben, heiraten, zusammen hausen, tun, was zwei Liebende tun konnten? Warum sollten sie kein Kind bekommen, ein niedliches Mädchen, vielleicht wie Lissas Baby? Warum nicht?

Weil . . . weil Iola Gervase eine Projektfrau war.

Alle Projektmänner und -frauen in der Galaxis waren böse, und Ryder Hook, der ein halber Projektmann war, würde nur den Tod aus ihren Händen empfangen, wenn sie ihn erwischt hätten. Natürlich hätte er sie ebenso getötet, wenn er sie erwischt hätte. Aber Iola Gervase hatte er nicht getötet . . .

Wieder spürte er, wie ihn die alte fruchtlose Wut zu überwältigen drohte, daß man ihn für das Novamann-Projekt des IRK, des Interstellaren Raketenkonsortiums, ausgewählt hatte. Damals war er noch jung gewesen und hatte am Anfang gestanden. Er hatte sich viele Fragen über den ungeklärten Tod seines Vaters gestellt, der für das IRK gearbeitet hatte, doch dann hatten sich die Hexenmeister des IRK über ihn hergemacht und aus ihm den ersten einer neuen Gattung Mensch gemacht, einer Gattung, die imstande war, auf Hochschwerkraftplaneten zu leben und zu arbeiten. Seine Knochen waren metallisch verstärkt worden und seine Muskeln waren von einer Art, wie sie sich Mutter Natur nie hätte träumen lassen. Als bei dem Überfall der Antigrav-Banditen eine Metallstange an seinem Kopf abgeprallt war, war Hook alles andere als erstaunt gewesen.

Dann hatte das IRK, eine auf der alten Erde verwurzelte Wirtschaftsorganisation, ihn hinausgeworfen. Ihn einfach zurückgewiesen. Den Vertrag für ungültig erklärt. Ihn weggeworfen.

Die folgenden Absolventen des Novamann-Projektes hatten durch die sogenannten an Hook begangenen Fehler profitiert und waren sich ihrer überlegenen Kräfte sehr wohl bewußt. Im weiteren Verlauf hatten sie das IRK einfach übernommen, indem sie alles niedermachten, was sich ihnen in den Weg stellte, und jetzt waren sie so weit, daß sie, von dem wahnwitzigen Wunsch getrieben, den bewohnten Teil der Galaxis zu beherrschen, vor nichts mehr zurückschreckten. Es war ein Ehrgeiz, der dem Wahnsinn nahe verwandt war, oder, besser gesagt, ein als unersättlicher Ehrgeiz getarnter Wahnsinn.

Leider waren die Projektmenschen tatsächlich imstande, alles und alle zu unterjochen, deswegen war Hook sich bewußt, was auf dem Spiel stand. Was die sich vornahmen, das konnten sie auch erreichen.

Er selbst war nur ein halber Projektmann.

Und doch mußte er sich ihnen in den Weg stellen — er hatte keine andere Wahl.

Hook war zwar kein großer Menschenfreund, aber in diesem Fall wußte er, was er zu tun hatte.

Und Iola Gervase, die einzige Frau, die er je geliebt hatte und von der er wiedergeliebt worden war, war eine Projektfrau.

Also — nichts wie hin zum Planeten Thalius, sobald er herausgefunden hatte, wo sich dieser befand. Dort wollte er Iola Gervase gegenübertreten, so sah es jedenfalls sein Plan vor.

Aber in der Zwischenzeit, während er ins Zentralarchiv, interstellare Abteilung, ging und sich über Thalius informierte, während er den Flug dorthin regelte und Brett alles Nötige über den fehlgeschlagenen Plan, nach Shyle zu gehen, berichtete . . . während dieser Zeitspanne seines Lebens wollte er nicht an Iola Gervase denken . . .

Brett und Gorman, der Krif-Mann, waren unterdessen bei dem Überfall der Drachenmädchen auf den Spitzenmann einer Wirtschaftsorganisation angelangt.

»Der hat sich vermutlich hier ein paar gute Tage gemacht«, meinte Gorman, der diesem Gedanken auf ureigene überhebliche Krif-Art nachhing.

»Vielleicht hatte er einen Termin«, sagte Brett.

Hook wußte, daß der fragliche Termin nichts mit Brett zu tun gehabt hatte. Es war nur eine seiner müßigen Spekulationen. Der Krif-Mann würde bald stockbesoffen umfallen, wenn er seinen Alkoholkonsum nicht drastisch drosselte. Hook empfand Abscheu. Er hatte oben auf dem Zimmer die Gelegenheit genützt und sich umgezogen. Jetzt trug er etwas ganz Unauffälliges, Tunika und Hose in Dunkelblau ohne Kinkerlitzchen an Schultern und Säumen. Die Tonota Achtzig war in der Metallfolientüte oben geblieben.

Jetzt kamen einige Leute in die Lounge.

Womöglich die Spürhunde der Wirtschaftsorganisation, die sich Bretts Kontaktmann geschnappt hatte. Ja, vielleicht war das die Antwort. Sie hatten ihm Fragen gestellt, und er hatte geantwortet.

Und jetzt waren sie zur Stelle. Mit schwerer Zunge lallte Gorman: »Freunde von Ihnen?«

»Nein!« Bretts Antwort, in hartem und barschem Ton gegeben, sagte dem Krif-Mann alles.

Nun ist Krif nicht gleich Krif in der unendlichen Galaxis. Gorman war ein Krif-Mann, der wußte, daß Krifs nicht zu übertreffen sind. Und er hatte hier an der Bar unerwartet angenehme Gesellschaft gefunden. Er schnellte empor.

»Los, ihr Ausgeburten! Kommt und holt euch, was euch gebührt!« Sie waren zu sechst, ein buntes Gemisch fremder Rassen. Anführer war ein Krif-Mann.

Krif-Mann funkelte Krif-Mann an.

»Aus dem Weg, Freundchen.« Der Anführer der Schnüffler sagte es kühl und sachlich. Er hatte eine Aufgabe zu erfüllen, mehr nicht. »Du hältst dich besser raus. Wir sind hinter dem Welpak her.«

»Na dann los, Gonil. Hol ihn dir.«

Die Gäste der Lounge strebten den Ausgängen zu.

Der Bar-Roboter ließ eine unsinnige Frage bezüglich der Getränkewünsche der Neuankömmlige laut werden.

Hook war es eine tiefe Befriedigung, daß die Zentralregierung Puldins sämtliche Waffen bereits auf den Raumflughäfen konfiszierte. Er sagte nichts, schob sich aber langsam und ganz unauffällig die Bar entlang, als würde ihn der Wortwechsel interessieren.

»Deine letzte Chance, Freund. Aus dem Weg.«

»Versuch's doch.«

Brett schoß neben Gorman hoch.

Die Spürhunde formierten sich. Aus den Taschen schnellten Totschläger. Es sah ganz so aus, als hätten sie die Absicht, sich auf ihre spezielle saudumme und sadistische Art zu amüsieren.

Mit Schreien, aus denen reiner Rachedurst herausklang, machten die Kerle einen Satz nach vorne.

5. Kapitel

Der Ryder Hook vergangener Jahre hätte mit seiner geladenen Disgel-Waffe im Ärmel dieses höchst unangenehme halbe Dutzend einfach zu Pfützen zerpustet.

Auf diesem Planeten, auf dem die Zentralregierung so sehr um eine saubere Welt bemüht war, feuerte Hook die winzige, in den Unterarm implantierte Waffe nicht ab.

Als Krif in einem gräßlichen Schlagabtausch gegen Krif tätig wurde, Brett einem Hieb auswich und einem Gegner einen Tritt in die unteren Bereiche versetzte, setzte Hook armschwingend zum Sprung an.

Mit dem gekrümmten Zeigefinger traf er den Homo sap-Schnüffler unterhalb des Ohres. Der Mann brach zusammen. Der Homo mal neben ihm schwang den Totschläger. Hook duckte sich, vollführte eine Drehung und tauchte weg, als ein anderer Totschläger in einer Faust, die er übersehen hatte, gegen seinen Schädel knallte. Einem halben Projektmann machte das nichts aus. Doch die Wucht des Aufpralls ließ ihn taumeln.

Vor seinem Gesicht tauchte ein Knie auf, das auf seine Nase zielte. Er schaffte eine Kopfdrehung, so daß das Knie in seiner Wange landete. Wutentbrannt drehte Hook sich um, öffnete den Mund, nahm ein fleischiges Stück Bein zwischen die Zähne — und biß zu.

Der Bursche stieß einen schrillen Schrei aus. Hook vollführte zerrende Bewegungen mit den Kiefern. Er riß ein beachtliches Stück Fleisch heraus, und mit diesem bluttriefenden Objekt zwischen den Zähnen, schnellte er hoch und versetzte dem Kerl einen Schlag, daß dieser der Länge nach hinknallte.

Hook war richtig verärgert.

Der nächste, der Homo mal, wollte ausweichen. Hook bückte sich, schlang die Arme um den Rumpf des Burschen und drückte zu. Es folgte ein abscheuliches Geräusch: das Knacken eines ausgerenkten Rückgrates.

Das Stück Fleisch ausspuckend, wirbelte Hook herum, um sich den Schaden anzusehen.

Die zwei Krifs waren miteinander noch nicht fertig.

Brett sprang auf einem Kerl auf und nieder, der auf dem Boden lag wie ein Kaminvorleger.

Von den anderen war keiner mehr auf den Beinen.

»Der gute alte Gorman sieht aus, als könnte er Hilfe gebrauchen«, bemerkte Brett und versetzte seinem Gegner einen letzten, gezielten Tritt.

»Wenn du dich bei einem Kampf zwischen zwei Krifs einmischst, dann steuerst du auf großen Ärger zu.«

»Mag ja sein, Duke. Aber helfen müssen wir ihm.«

Hook war im Hotel unter einem seiner vielen Decknamen abgestiegen und nannte sich Duke Everest.

Er ging hinter die Bar, schnappte sich ein Papierhandtuch und säuberte Mund und Gesicht von Blutspuren. Die Geräusche der zwei kämpfenden Krif-Männer, Gegurgel und Gehämmere, dauerten an. Sie waren einander ebenbürtig, da Gorman den Totschläger in die Hand bekommen und ihn über dem Kopf seines Rassengenossen zerbrochen hatte.

Der Mann, dessen Rückgrat ausgerenkt worden ar, mußte ins Krankenhaus. Dort würde man ihn zusammenflicken, daß er im Handumdrehen wie neu sein würde. Bislang waren keine irreparablen und lebensbedrohenden Schäden angerichtet worden. Alles in allem ein schöner sauberer Kampf, mit einem Knockout, der allem ein Ende machte.

»Ich glaube, ich genehmige mir jetzt den Drink«, sagte

Brett, der kritischen Auges den Kampf beobachtete.

»Ich schließe mich an. Der nächste Stern liegt hinter Venturis.«

Daß er den Blutgeschmack hinunterschwemmen wollte, sagte er nicht.

Die der Anstrengung entspringenden Grunzlaute der zwei Krif-Männer durchfegten die Lounge wie Windstöße eines Zyklons. Die fünf Schnüffler schlummerten auf dem Teppich. Brett und Hook teilten dem Bar-Roboter ihre Wünsche mit und wurden bedient. Lässig an die Bar gelehnt, sahen sie den Kämpfenden zu.

Hook nippte an seinem leichten orangefarbenen Bier. Brett trank ein verdächtig aussehendes Welpak-Gesöff.

»Freut mich, daß Gorman eindeutig überlegen ist, Duke.«

»Ja, der Schnüffler hat sich mehr zugemutet, als er verkraftet.«

Anders als einige andere hier, fügte Hook insgeheim hinzu.

Der Anführer der Spürhunde versuchte, bei Gorman einen hinterhältig tiefen Tritt anzubringen. Der Krif-Mann vollführte eine Drehung mit der Hüfte und erwiderte den Tritt — ebenso tief. Sein Gegner stieß einen Schmerzensschrei aus, ehe er zusammenklappte. Gorman holte mit seiner gewaltigen Rechten aus. Er traf den anderen nicht ganz exakt. Die Wucht des Schlages ließ den Mann rücklings taumeln und über einen bewußtlosen Kameraden stolpern, so daß er auf den Rücken fiel.

Gorman brachte mit einem Hochziehen der Schultern seine Tunika in Ordnung, bewegte die Arme, setzte ein typisches Krif-Lächeln auf und trat auf den Artgenossen zu, der zu Boden gegangen war. Er wollte ihn sicherheitshalber bewußtlos schlagen.

Was Hook jetzt sah, erfüllte ihn mit einer geradezu schockierenden Ungläubigkeit. Einfach albern, anzunehmen, daß die von der galaktischen Regierung erlassenen Gesetze universell durchgesetzt würden . . .

Der Anführer der Spürhunde hob die Rechte.

Eine Drehung der Hand, die Delling wurde sichtbar, und er schoß — alles in allem ein scheußlicher Anblick.

Wenigstens schrie Gorman nicht.

Die Ladung Disgel traf ihn voll ins Gesicht, zersprühte und verteilte sich. Ein Tropfen genügte, um ihn zum Schmelzen zu bringen, um Knochen, Fleisch und Blut zu verflüssigen. Hilflos stand er da, zerfloß, zerschmolz und troff, bis eine Pfütze auf dem Teppich als Rest blieb. Und dann verschwand auch die.

Brett schnappte entsetzt nach Luft.

Der Schnüffler setzte sich auf. Er stand auf. Er genoß die Situation ungemein.

Die Delling richtete sich auf Brett.

»Welpak, du kommst mit. Keine Widerrede.«

»Abschaum!« schrie Brett.

Der Anführer überhörte es geflissentlich. Hooks Anwesenheit schien er jetzt erst richtig zu bemerken. Die Delling wandte sich Hook zu.

»Dich brauchen wir nicht, Gonil. Du hast schon genug Schaden angerichtet.«

Hooks Linke machte eine Drehung.

Seine Gelmix-Ladung traf die Rechte des Krif-Mannes. Es war ein gezielter Schuß. So wie Hook die Krifs kannte, würde der Kerl ungeachtet der Tatsache, daß er im Begriff stand, zu einer ekligen Masse zusammenzusinken und sich aufzulösen, seine Waffe noch abfeuern, nur um sich zu rächen.

Die rechte Hand des Krif-Mannes zerschmolz.

Er schrie laut und schrill, als ihn die Katastrophe so plötzlich traf.

»Wo hast du die Ladung her?« fragte Brett.

»Gefunden.«

Das Disgel breitete sich über den Körper des Krif-Mannes aus, löste ihn auf, schwemmte ihn weg. Gleich darauf war auch er nur ein schnell verschwindender Fleck auf dem Teppich.

Bedauernd sagte Hook: »Wir müssen die anderen auch loswerden, obwohl mir der Gedanke gar nicht gefällt.«

»Na, los schon«, fuhr Brett ihn an. »Mach schnell.«

Noch vor wenigen Jahren hätte Ryder Hook die Typen bedenkenlos mit Disgel erledigt. Jetzt zögerte er.

»Brett, wie steht es mit deinen Plänen?«

»Nichts wie weg von diesem Planeten.«

»Sehr vernünftig. Wenn wir diese komischen Typen hier einfach als Schlachtopfer liegen lassen, anstatt sie zu töten, bleibt dir genügend Zeit, den Raumflughafen zu erreichen.«

»Ach?« Brett schien kampflüstern. »Und du?«

»Du weißt, daß ich zum Planeten Thalius möchte.«

»Und du weißt, daß ich von dem noch nie etwas gehört habe.«

»Kein Wunder. Da draußen gibt es jede Menge Sterne.«

»Ich muß mich beeilen. Die Sicherheits-Gorillas des Hotels werden jeden Moment hier auftauchen.«

»Genau. Sag mir, wo ich dich kontaktieren kann.« Hook machte sich daran, die Bewußtlosen hinter die Bar zu zerren, die höflichen Proteste des Bar-Roboters mißachtend. Er klappte die Keller-Falltür auf und ließ die Männer kopfüber hinunterplumpsen. »Ich werde die

Bastarde fesseln und knebeln. Du kannst dir zum Raumflughafen Zeit lassen.«

»Wenn du es unbedingt so willst. Dein Metallgeld ist in unserem Zimmer. Du kannst mich über Ma Cellery auf Trufalion Vier kontaktieren.«

»Fein. Und jetzt nichts wie weg.«

Brett wollte loslaufen, hielt inne und sagte: »Viel Glück, Hook.«

»Ja, dir auch viel Glück.«

Er sprang hinunter in den Keller, suchte und fand Draht und ging daran, die Schnüffler in interessanten Stellungen zusammenzubinden. Ehe er sie knebelte, tauchte er jeden Knebel in ein Faß mit dem feinsten Gesöff der Bar. Dabei stieß er jenes für ihn typische Lachen aus, das viele höchst abstoßend fanden. Nachdem er sich noch vergewissert hatte, daß er ganze Arbeit geleistet hatte, verschwand er durch den Lieferanteneingang, nicht ohne noch kurz zur Falltür hochzusehen. Schwere Schritte und laute Stimmen, beides von den Sicherheitsleuten des Hotels herrührend, gaben ihm zu verstehen, daß er nun sehr geschickt vorgehen mußte.

Mit einem Gehaben, das, wie er hoffte, möglichst unbekümmert wirkte, betrat er das Hotel durch die große Eingangshalle. Mit dem gräßlichen Tod Gormans wollte er sich auch in Gedanken nicht weiter befassen. Der Krif-Mann war in schlechter Verfassung gewesen und hatte versucht, seine Sorgen zu ertränken. Das bißchen Unterhaltung und die paar freundlichen Worte hatten ihm sichtlich gut getan. Und den Kampf hatte er geradezu als Möglichkeit begrüßt, seinen Kummer körperlich abzureagieren. Deswegen hatte der arme Teufel sterben müssen und war verflüssigt worden, bis er praktisch auf Schuhsohlenhöhe zusammenschmolz.

Vielleicht, überlegte Ryder Hook unterwegs zu seinem Zimmer, hätte ich die anderen auch mit Disgel traktieren sollen. Als Gattung mochte er sie ohnehin nicht. Doch es gab eine ganz rationale Erklärung dafür, daß er nicht imstande war, sie zu töten. Mit zunehmendem Alter wurde er immer toleranter.

Oder vielleicht hatte das Mädchen, das er in sein bewußtes Denken nicht hineinließ, ein Rädchen in seinem Kopf gedreht . . .

In der Lounge war die Hölle los, nach dem Lärm zu schließen, der heraufdrang. Es sah ganz so aus, als könnte die Sicherheitstruppe des Hotels, abgesehen von ein paar zerbrochenen Stühlen und umgeworfenen Tischen, nichts entdecken, was aus dem Rahmen gefallen wäre. Sobald sie aber ihre Aufspür-Geräte und homotropischen Hilfsmittel einsetzten, würde die Sache ganz anders aussehen. Hook stopfte sein Metallgeld in die Taschen, packte seine Habseligkeiten in eine Reißverschlußtasche, dazu die Tonota Achtzig, und trabte die Stiegen hinunter. Den Lift ließ er lieber unbenutzt.

Er stellte fest, daß Brett die Hotelrechnung mit seiner Kreditkarte bezahlt hatte und fand das riesig nett.

Draußen vor dem Hotel schien die Sonne höchst angenehm auf Gehsteige und Gleitbänder und ließ die Kanten der Wolkenkratzer und Turm-Blocks aufblitzen. Der Verkehr war ziemlich dicht, und viele entschieden sich an diesem schönen Tag unter einer Sonne, unter der nur die wenigsten geboren worden waren, zu laufen.

Das gefiel Hook. Es gab Planeten in der Galaxis, auf denen ein Fußgänger festgenommen wurde, sobald man ihn oder sie entdeckte.

Das Zentralarchiv war ohnehin nicht weit entfernt. Die meisten Städte verfügten über Bibliotheken und

Archive. Und wenn eine Stadt auch nur andeutungsweise kulturellen Ehrgeiz hatte, dann gab es dort Museen. Ryder Hook war nämlich ein ausgesprochener Museums-Freak. Als er an der imponierenden Fassade des Museums vorüberkam, das, wie die Inschrift stolz verkündete, der Gesamtgeschichte Puldins gewidmet war, zögerte er. Dann aber dachte er an die Schnüffler, an Bretts Flucht, an seine Aufgabe. Mit straffen Schultern ging er vorüber.

Seelenruhig an einem Museum vorbeizugehen, das er noch nicht kannte, war ein Härtetest. Selbstgefällig sagte er sich: »Na, mein Guter, das beweist, daß du große Charakterstärke entwickelt hast.«

Als ihm zu Bewußtsein kam, wie albern und unsinnig das war, verzog er im Geist angewidert das Gesicht.

Im Innern des Zentralarchivs wurde er in die Abteilung Astronomie verwiesen. Hier mußte er mit seinem Metallgeld herausrücken, wie immer unter erstauntem Stirnrunzeln des Personals, das mit Kreditkarten rechnete. Man wies ihm eine Konsole zu, wo er seine Reisetasche abstellte und sich vor dem Bildschirm niederließ.

Die Vorsicht, die er sich angewöhnt hatte und die ihm bislang geholfen hatte, in feindlicher Umgebung zu überleben, schrieb ihm zwei Vorgangsweisen vor. Erstens: Er hatte den Namen Samuel Levenson benutzt, und ohne Kreditkarte würde sich niemand die Mühe machen, ihn zu überprüfen. Zweitens: Er begann mit einem sorgsam programmierten, wahllos scheinenden Blick auf verschiedene Sternensysteme in der unmittelbaren Nähe von Puldin. Vorsichtig erweiterte er den Radius und forderte sodann einen Überblick über sämtliche Thalian genannten Planeten an. Danach informierte er sich über Thalyr. Die Aufstellungen waren nicht allzu lang.

Die bewohnten Teile der den Menschen bekannten Teile der Galaxis enthielten Millionen von Sternen, von denen sehr viele Sonnensysteme hatten, und die Namen, die die Menschen den Sternen gaben, gingen demnach auch in die Millionen.

Sterne hatten ihre Koordinatenzahlen, unter denen sie bekannt und auffindbar waren. Wußte man die Zahlen, dann konnte man den Stern finden. Wenn man den Namen wußte, war die Lage anders. Da so unendlich viele Namen in Gebrauch waren, Spitznamen, lokale Variationen, fremde Abwandlungen, konnte man die Riesenzahl von Planeten und Sternen sich nicht annähernd vorstellen.

Er fragte nach Thalius.

Auf dem Bildschirm erschienen fünf Namen, jeder mit den Koordinaten. Er sah sich die Einzelheiten an. Drei waren kleinere Asteroiden in lokalen Systemen. Einer war ein sehr emsiger Planet, auf dem eine planetenweite Wirtschaftsorganisation mit Namen Interstell-Imp. tätig war. Hook konnte sich nicht vorstellen, daß das IRK, die Deckorganisation des Projektmenschen, auf einem Planeten tätig werden würde, der von einer anderen Wirtschaftsorganisation beherrscht wurde.

Blieb also nur die letzte Welt

Er war eigentlich vorbereitet, die Worte »verboten« auf dem Bildschirm zu sehen. In diesem Fall hätte er einige seiner besonderen Fähigkeiten als halber Projektmann anwenden und den Computer knacken müssen, damit er ihm seine verborgenen Informationen preisgab.

Statt dessen entpuppte Thalius sich als winziger, gefrorener Außenplanet eines Systems, das mit Hilfe eines Rings künstlicher Satelliten eine interplanetarische Patrouille auf die Beine gestellt hatte. Offenbar trieben dort Raumpiraten ihr anachronistisches, aber sehr profitables Spiel.

Hook weigerte sich, Unruhe aufkommen zu lassen.

Er hatte dem Mädchen, an das zu denken er sich weigerte, gesagt, daß er Thalius kenne: einen angenehmen Planeten vom Typ Erde. Das war der Thalius, auf dem, wie sich jetzt zeigte, Interstell-Imp. tätig war. Hook runzelte die Stirn. Na ja, möglich, daß das IRK dort eine Agentur hatte. Man hatte ihm gesagt, daß es auf Thalius eine Agentur gäbe.

Mit Bedacht ging er die Reihe noch einmal durch, und wieder bekam er nur dieselben fünf Angaben für Thalius. Sehr gut. Er würde also diesen speziellen Thalius unter der Svendil genannten Sonne ansteuern.

Und wenn es dort Projektmenschen gab, würde er es merken. Ja, Ryder Hook würde es sofort spüren.

Er verließ die Abteilung Astronomie und ließ das ganze Zentralarchiv hinter sich. An dem Museum für die Geschichte Puldins ging er vorüber.

Er wußte, was er tun mußte, wenn er einem Projektmann begegnete. Ein Projektmann wäre nie und nimmer gefesselt und geknebelt im Keller gelandet. Nein, Ryder Hook hätte ihn mit Disgel ausradiert. Aber — das Mädchen liebte er, oder etwa nicht?

Während er Vorbereitungen traf, um zum Planeten Thalius unter der Sonne Svendil zu gelangen, wußte Hook nicht, ob er Iola Gervase lieben oder töten sollte.

Wenn er sie wirklich liebte — wie es der Fall war —, dann war es vielleicht der größte Liebesdienst, den er ihr, der Projektfrau, erweisen konnte, daß er sie tötete.

6. Kapitel

Mit seinem frischen Metallgeldvorrat, der aus dem Verkauf des Männlichkeits-Gens stammte, konnte Hook sich eine Raumpassage im gewohnten Stil leisten. Sich einfrieren zu lassen und die Fahrt wie eine Hammelkeule im Kühlraum zu verbringen, war nicht seine Sache. Gleichzeitig hegte er ein gewisses Mißtrauen gegen die Top-Star-Klasse, weil man dort meist mit aufgeblasenen, von sich eingenommenen und wichtigtuerischen Idioten zusammenkam und Reibereien an der Tagesordnung waren. Darum wählte er die komfortable Erste Klasse und genoß die Reise nach besten Kräften.

Beim Verlassen von Puldin hatte es keine Schwierigkeiten in irgendeiner Richtung gegeben. Hook war noch die total entstellte Geschichte von den Wirtschaftsorganisationsspürhunden zu Ohren gekommen, die im Keller des Hotels sternhagelvoll aufgefunden worden waren. Der Vorfall hatte eine winzige Meldung ergeben, die zwischen gewichtigeren Nachrichten eingepfercht präsentiert wurde.

Seine sorgfältig unter anderem, belanglosem Informationsmaterial versteckten Ermittlungsergebnisse aus der Abteilung Astronomie des Zentralarchivs von Puldin besagten, daß auf Thalius unter der Sonne Svendil keine Agentur des IRK existierte. Auch auf den anderen Planeten mit Namen Thalius gab es keine dieser Agenturen. Sein Versuch, über eine Aufstellung sämtlicher IRK-Agenturen und Geschäftsstellen der Sache auf die Spur zu kommen, war nur teilweise von Erfolg gekrönt, da die Archive auf Puldin sich als mehr als unvollständig erwiesen.

Thalius unter Svendil bot sich jedenfalls als der wahrscheinlichste Planet an. Iola — da er sich auf der Fahrt zu ihr befand, war er imstande, an sie zu denken — hatte nicht widersprochen, als er äußerte, Thalius sei ein angenehmer Planet vom Erdentyp.

Die Überfahrt wurde in Überlichtgeschwindigkeit zurückgelegt. Hook ließ sich auf ein paar Kartenpartien ein, wobei er rechteckige Karten verwendete anstatt der runden, die Shaeel vorzog, der als Spieler ebenso hemmungslos war wie Hook.

Zuweilen fehlte ihm der Hermaphrodit sehr. Einen Hermaphroditen oder Maph bezeichnete man nicht als »es«, natürlich auch nicht als »er« oder »sie«. Maphs waren »wi«. Hook fehlte also wis Gesellschaft mit allem Drum und Dran, das sich ergab, wenn wi und Karg sich irgendeinen Unsinn ausdachten, damit ihnen nicht zu langweilig wurde.

Hook brach nur ungern Versprechen, die er anderen gegeben hatte, und er haßte es, sich selbst gegebene Versprechen zu brechen. Er hatte versprochen, erst bei Karg und Shaeel vorbeizusehen. Doch der Gervase-Faktor war in sein Leben getreten und hatte alles verändert.

Die Starlines hielten sich eisern an die Regel, sämtliche Energiewaffen in der Waffenkammer des Schiffs einzuschließen. Die Passagiere durften nur Disgel-Waffen, Metallgeschoßwaffen, Nadel-Waffen und Achtunddreißiger-Spezial behalten, Waffen, die vernichtend gegen Menschen wirkten, aber keine Löcher in den Schiffsrumpf schlagen konnten.

Auf der Fahrt geriet Hook nur zweimal in eine Schlägerei, und jedesmal folgte ein Händeschütteln und ein freundschaftlicher Drink an der Bar, bei dem man Wunden leckte und in Erinnerungen schwelgte.

Auf diese Art lernte Ryder Hook Colonel Thom Mansden kennen, einen beinharten und fähigen Profi. Nachdem sie ihre Handknöchel massiert und die Schrammen des anderen begutachtet hatten, kamen sie blendend miteinander aus. Mansden machte die Überfahrt für Hook erträglich, so daß es ihm richtig leid tat, als der wendige Krieger zwei Stationen vor Thalius von Bord ging.

»Duke, wir versuchen, in Kontakt zu bleiben«, sagte Mansden, der auf die Planetenfähre wartete.

»Versuchen kann man es. Aber in dieser Galaxis gibt es verdammt viele Sterne.«

»Wenn man etwas wirklich will, kann man erstaunlich viel. Sehen Sie mich an. Nie hätte ich gedacht, jemals wieder laufen zu können — und jetzt laufe ich zwei Meilen mit Höchsttempo und bin am Ende noch kampftüchtig.«

Hook glaubte es ihm, denn er hatte die diesbezüglichen Qualitäten Mansdens kennengelernt.

Nach zwei weiteren Stationen nahm er die Fähre nach Thalius. Der unter der Sonne Svendil existierende Planet war tatsächlich sehr angenehm und der Erde sehr ähnlich. Hook nahm kein Hotelzimmer. Er mietete statt dessen einen Fluggleiter und machte sich auf die Suche nach Spuren der Projektmenschen. Dabei berührte er sämtliche Punkte, die ihm irgendwie wahrscheinlich erschienen. Er war imstande, die verwandten Schwingungen eines Nova-Mannes auf verschiedene Distanzen und in einem Ausmaß aufzuspüren, das von der Kraft eines Projektmannes abhing. Eine ganze Welt kann verdammt groß sein. Doch dank sorgfältiger Planung, einem großen Suchradius und dem sicheren Wissen, daß er das Vorhandensein eines Projektmannes spüren würde, befand Hook sich im Vorteil. Doch ein Durchkämmen des gesamten Planeten brachte ihn nicht auf die Spur eines einzigen Nova-Mannes.

Aus demselben Grund fand er natürlich auch keine einzige Nova-Frau . . .

Auch als er die Ozeane absuchte und die Meere in breiten Streifen abgraste, konnte er nichts aufspüren, obwohl er dabei die reziproken Schwingungen eines Projektmannes hätte feststellen müssen. Also arbeitete die IRK-Agentur nicht von einem unterseeischen Standort aus.

Auch die Polkappen ergaben Null Komma nichts, wie er enttäuscht feststellen mußte.

Hook wußte, daß sämtliche Errungenschaften der modernen Such- und Aufspürtechnik ein so kleines Objekt, wie es eine einzelne Person auf einer ganzen Welt darstellte, nicht so verläßlich aufspüren konnten, wie seine einzigartige Gabe — die vielleicht ein Fluch war — es vermochte.

Doch auf dem ganzen Planeten konnte er nicht die Spur jener besonderen Schwingungen verspüren, die sich einstellten, wenn sein Weg sich mit dem eines Nova-Mannes oder einer Nova-Frau kreuzte.

Da er aber Ryder Hook war, ließ er sich nicht entmutigen und auch nicht von seiner Suche abbringen. Hätte er immer jeweils beim ersten Rückschlag aufgegeben, dann wäre er längst tot gewesen. Ein galaktischer Einzelgänger mußte präzise planen und sein Ziel unbeirrt anpeilen, sonst geriet er ins Trudeln. Auch das hatte Hook schon mitgemacht.

Der erste Starliner, der von Thalius aus Puldin ansteuerte, war ein Schiff der PPL, das unter der Flagge einer Tochtergesellschaft fuhr.

Trotz aller Eile ließ Hook nicht zu, daß seine gewohnte Vorsicht einschlief. Handelte er jetzt übereilt, dann würden ihn die PPL-Schnüffler, die mittlerweile sicher ihre Hausaufgaben gemacht hatten, schnappen, und das konnte seinen Tod bedeuten.

Wenn Hook Geld hatte, dann neigte er dazu, über die Stränge zu schlagen, was, wie er sehr wohl wußte, ein Charakterfehler war. Er tröstete sich damit, daß ihm vielleicht nicht viel Zeit blieb, um im Strudel der Galaxis sein gegenwärtiges und sicher sehr bald vorübergehendes finanzielles Glück zu genießen. Er war jedoch entschlossen, möglichst viel von dem ihm verbleibenden Metallgeld zu sparen.

Deswegen buchte er auf dem in der folgenden Woche nach Puldin auslaufenden Trans-Gal-Sternschiff eine Passage zweiter Klasse.

Die Kabine war wesentlich kleiner als in der ersten Klasse, der Teppichboden weniger flauschig, das Bett nicht ganz so komfortabel. Das Essen war von gleicher Güte, wenn auch die Auswahl zu wünschen übrig ließ. Unten in der dritten Klasse traten all diese Unterschiede noch viel schmerzlicher zutage. Und was die armen Teufel betraf, die auf die »harte« Tour reisten, so lagen die wie gefrorene Rindfleischseiten in ihren Fächern, und wenn die Götter des Raumflugs ihnen nicht wohlgesonnen waren, würden einige gar nicht wieder aufwachen.

Wie es seine Gewohnheit war, blieb Hook für sich und wich sämtlichen jovialen Anbiederungsversuchen, wie sie auf einer Raumfahrt so häufig waren, geflissentlich aus. War ihm nach geselligen Kontakten zumute, wollte er von sich aus die Initiative ergreifen. Zwar hoffte er, einen Reisegefährten wie Colonel Thom Mansden zu finden, mit dem er blendend ausgekommen war, bezweifelte aber, daß es ihm auf dieser Überfahrt gelingen würde. Wenn nicht, so machte das auch nichts aus. Hook kam recht gut allein zurecht, wie er sich selbst leider eingestehen mußte.

In den Aufenthaltsräumen und Speisesälen trafen sich die verschiedenen fremdartigen Gattungen, die die Kabinen bewohnten, und bildeten ein herrlich buntes Gemisch. In der Luft lagen fremde, exotische Düfte. Die modischen Trends wechselten fast täglich, da einer den anderen nachzuahmen versuchte. Felltragende, gefiederte, schuppige und hautbedeckte Wesen verspielten, vertanzten und vertranken die Reisetage.

In dem Bemühen, seine Gedanken nicht zu lange bei Iola Gervase verweilen zu lassen, sagte Hook sich eines Morgens entschlossen: »Bei Dirty Bertie Bashtis dreckigen Unterhosen! Jetzt suche ich mir eine Kartenrunde und versuche mein Glück!«

In der Ecke eines Gesellschaftsraumes hatte sich eine Partie zusammengefunden. Die anderen vier Spieler — man spielte Stellar-Bluff für fünf — waren gut aufeinander eingespielt, Hook war der Außenseiter. Der eine Spieler war ein Erdenmensch, ein Homo sap. Der zweite ein Krif-Mann oder Homo krif. Der dritte ein Homo mal, und der vierte war einmal ein Homo sap gewesen und war jetzt ein Dynamann, in einem energiegeladenen Kokon eingesponnen.

Die Waffenmündungen im unteren Teil des walzenförmigen Kokons wirkten unheilvoll, doch wie alle anderen Passagiere hatte der Dynamann seine Energiewaffen in der Schiffswaffenkammer abgeliefert. Blieben noch die Metallgeschoß- oder Nadelwaffen, und daß er irgendwo eine Delling hatte, war mit Sicherheit anzunehmen. Auch die anderen trugen sicher höchst unangenehme

Waffen bei sich. Keiner würde versuchen, falsch zu spielen und damit zu riskieren, daß man ihn ertappte.

Hook verlor ständig, um anschließend zu gewinnen. Dann ging es wieder bergab. Er wollte schon Schluß machen, als er plötzlich in eine Glückssträhne geriet. Seine Gewinne stapelten sich.

Die Unterhaltung war unzusammenhängend und drehte sich fast ausschließlich um das Spiel.

Ein stachelhaariger Riffianer kam aus dem Hauptbereich des Aufenthaltsraumes dahergeschlendert. Er trug Freizeitkleidung mit einem kurzen roten Schultercape. Das Glas, das er in der Hand trug, schwappte ständig über. Wie viele seiner Artgenossen, die in der Galaxis als starrsinnige Rasse galten, hatte er auf der Nase eine Vorrichtung angebracht, die ihm das Sehen ermöglichte. Diese Vorrichtung war nicht das übliche Sende- und Empfangsgerät, sondern eine Schallsonde, die von vielen getragen wurde, die auf die Überlegenheit dieses Geräts schworen. Der Riffianer schlurfte näher, lachte, ließ den Drink überschwappen und rief schließlich mit anbiedernder Freundlichkeit:

»Hallo, Freunde. Noch ein Platz für mich frei?«

»Hau ab, Gonil«, ließ der Krif-Mann verlauten.

Der Homo mal drehte an seinem Röhrenohr und sagte: »Wir spielen fünfhändigen Stellar-Bluff, Kumpel.« Das war für jeden, der nicht auf den Kopf gefallen war, als Antwort ausreichend.

Der Riffianer lachte.

»Ach, wirklich? Interessantes Spiel. Laßt mich mal sehen, wie es läuft.« Er faßte mit der freien Hand nach der Schallsonde auf der Nase und betätigte die Steuerung.

Aus der schwarzen Öffnung an der linken Seite des

glitzernden Kokons des Dynamanns drang ein Rauchschwall, gefolgt von Flammen.

Der Krif-Mann stieß einen Schrei aus und warf den Tisch um. Der Homo mal riß sich bei dem Versuch, auszuweichen, fast das Ohr ab. Der Erdenmensch verschwand unter dem umgekippten Tisch. Hook ließ sich fallen und rollte weg. Sein Blick war so wutentbrannt, daß er die Typen damit zum Zusammenschmelzen hätte bringen können.

Denn es war ein Blick gewesen, der diesen Wirbel verursachte.

Der Riffianer blieb von dem Hagel winziger Geschosse verschont. Die Entladung der im Energie-Kokon des Dynamannes angebrachten Piranha Automatic war vom interessierten Blick des Riffianers in die Karten ausgelöst worden. Er hatte seine Schallsonde voll aufgedreht, um die Karten besser sehen zu können, und die Schallwellen hatten den Feuerstoß der Piranha Automatic verursacht. Die rotierenden Trommeln enthielten mantellose Geschosse, die durch einen elektrischen Impuls zur Detonation gebracht wurden. Die Schallsonde hatte die elektrischen Kreise aktiviert — bumm!

Diese Art von blödsinnigem Unfall brachte Ryder Hook auf die Palme. Ein idiotischer Zufall dieser Art konnte Menschenleben fordern.

»Ihr bescheuerten Mißgeburten!« rief Hook, der sich aber sofort wieder faßte. Vielleicht war dem Riffianer gar nicht klar gewesen, was seine alberne Sonde anrichten konnte. Noch viel weniger hatte er gewußt, welch teuflische Dinge ein Dynamann in seinem Kokon verstaut haben konnte.

Der Krif-Mann tat sich in seiner Wut keinen Zwang an.

»Du pestilenzartiger Abschaum! Mit welchem Recht trägst du ungesicherte Teile mit dir herum?«

Die verstärkte Stimme des Dynamanns dröhnte zurück: »Meine Ausrüstung ist nicht ungesichert! Das Schall-Auge dieses dämlichen Riffianers ist schuld! Raus mit ihm!«

Hook schnappte sich seinen Gewinn und verdrückte sich ohne weiteren Kommentar hinaus.

Er hatte sich im richtigen Augenblick losgeeist. Der Aufruhr seiner Gefühle war so gewaltig, daß er vor Anspannung zitterte. Sein Leben hatte eben auf dem Spiel gestanden. Hätte die dumme Piranha Automatic auf Ryder Hook gedeutet . . . die Tatsache, daß niemand zu Schaden gekommen war, war ja gut und schön, doch verblaßte sie neben dem viel wichtigeren Umstand, daß unfähige Idioten Hooks Leben gefährdet hatten.

Hook verabscheute Unfähigkeit und Menschen, die ihren Aufgaben nicht gewachsen waren. In der Galaxis wimmelte es von unfähigen Typen, und jeder einzelne stellte für alle anderen eine ständige Gefährdung dar.

Für den Rest der Fahrt hielt er sich in der Nähe seiner Kabine auf und ließ sich mit niemandem ein. Mit dem Erschließen neuer Gebiete der Galaxis wurden immer neue Rassen fremdartiger Wesen entdeckt und in die älteren Systeme mit sehr unterschiedlichem Erfolg integriert. Einem ungehobelten Kerl von einer barbarischen Welt hätte man einen Zwischenfall dieser Art zugetraut, aber einem Riffianer und einem Homo sap, auch wenn dieser ein Dynamann war? Nein, von ihnen hätte man verantwortungsbewußteres Verhalten erwartet.

Überglücklich, daß er diesen Teil der interstellaren Fahrt hinter sich gebracht hatte, machte Hook sich auf die Suche nach Manfrid und der Moben-Mission.

7. Kapitel

Unterwegs betrat er einen eleganten Juwelierladen und sah sich unter der phantastischen Auswahl an glitzernden, schimmernden und teuren Dingen um. Schließlich entschied er sich für einen hübschen silbernen Fingerhut mit einem geschmackvoll eingravierten Randmuster. Er wandte sich an den Verkaufs-Roboter.

»Aber gewiß doch, Sir, mit Vergnügen. Ihre Karte?«

»Keine Kreditkarte. Metallgeld«, sagte Ryder Hook.

Der Roboter ließ fragend ein Licht aufleuchten. Ein Klingeln ertönte, und Augenblicke später war ein hagerer Kerl zur Stelle, der sich die Hände rieb, als wäre er beim Händewaschen.

»Wo liegt die Schwierigkeit, Taynor?« fragte Hook, der genau wußte, was los war.

»Leider können wir Ihnen nichts verkaufen, wenn Sie keine Kreditkarte haben«, sagte der Wicht in dem Versuch, höflich zu sein. Er zerstörte die Wirkung, indem er jegliche höfliche Anrede wie Sir oder Taynor wegließ.

»Das Metallgeld ist in Ordnung. Es stammt aus einem Verkauf.«

»Ganz recht. Wenn Sie jetzt so gut wären und gingen . . .«

Hook, den sein Status als Außenseiter abgebrüht hatte werden lassen, explodierte nicht. Er verließ in aller Ruhe den Laden und suchte sich einen weniger anspruchsvollen Händler, bei dem er einen Silberdäumling von besserer Qualität als das vorherige Exemplar und zum halben Preis erstand, so daß er noch einen niedlichen kleinen Silberlöffel dazukaufte.

Für Manfrid hatte er bereits ein kleines Mitbringsel.

Es war eine der neuesten Musikaufnahmen von Thalius, hier auf Puldin wahrscheinlich die einzige ihrer Art. Es war die Aufnahme einer sehr ansprechenden Gruppe, wenn man die Mischung von schwerem Beat-Brandungsgeräusch mit dem Möwenkrächzen der Flöten und Holzbläser mochte. Hook war sehr eigen, wenn es um Musik ging. Er hatte saftig Zoll für diesen Import zahlen müssen, doch die Aufnahme war es wert.

Das bedeutete, daß er noch etwas für Doktor Rosa Mikkola finden mußte. Er entschied sich für die banale, aber stets willkommene Pralinenschachtel. Die Packung war sehr teuer, weil die Pralinen mit Glücks-Juice gefüllt waren.

Hook war der Meinung, daß Rosa Mikkola diesen Aufwand wert war.

Bei den von der Moben-Mission Betreuten handelte es sich zu fünfzig Prozent um Neuzugänge. Von seinem letzten Besuch her kannte Hook nur die Hälfte der Fälle. Die Moben-Mission nahm sich der Armen an, bis sie wieder für eine Weile auf eigenen Füßen stehen konnten. Dann mußten sie anderen, viel Verzweifelteren Platz machen. Natürlich kehrten die Entlassenen nach einer gewissen Zeit in einem traurigen Zyklus, der von Pech und Ruin kündete, wieder.

Manfrid freute sich aufrichtig über das Wiedersehen mit Hook.

Nach der Begrüßung fragte Hook sogleich: »Wo ist Lissa?«

»Nach Hause mit ihrem Baby. Irgendwo müßten wir die Adresse haben . . .«

»Verdammt, jetzt habe ich den Däumling, den ich ihr versprochen habe . . .«

»Das hat ihr sehr viel bedeutet, Hook.«

»Na, ich schaffe das schon. Wo steckt Doktor Mikkola?«

Manfrid strich die schwere Haartolle zurück und warf einen bedeutungsvollen Blick auf das hübsch und bunt verpackte Schächtelchen. »Schokolade?«

»Na und?« brauste Hook auf. »Was ist schon dabei?«

»Rosa ist so klug, sich hin und wieder Schlankheitsspritzen zu verschreiben. Sie wird begeistert sein.«

»Und das ist für Sie . . .«

Manfrid nahm das winzige Musik-Modul ernst entgegen. Er studierte die Einzelheiten durch ein Vergrößerungsglas, das an einer Goldkette aus dem mittleren Knopfloch hing. »Hm. Augezeichnet, lieber Hook, wirklich ausgezeichnet. Wußte gar nicht, daß Sie sich aus dieser Art Musik etwas machen.«

»Eigentlich mache ich mir nichts daraus.«

Manfrid lief rot an. Ihm war jetzt klar, daß Hook sich nach seinem, Manfrids Geschmack erkundigt hatte, ehe er abgeflogen war.

Mit einer Unbefangenheit und Nonchalance, die seiner Übung im Umgang mit Menschen entsprang, überwand er seine Verlegenheit, bedankte sich bei Hook und berichtete ihm vom letzten Stand der Dinge. Eine stattliche Abteilung von Ermittlungsbeamten der PLP-Wirtschaftsorganisation war erschienen und hatte überall herumgeschnüffelt. Die Burschen hatten versucht dahinterzukommen, was eigentlich passiert war. Unterdessen waren aber sämtliche Spuren, die auf Ryder Hooks Anwesenheit gedeutet hätten, bereits verschwunden.

»Old Dirty Bertie Bashti sei Dank dafür!«

»Sie waren ziemlich unangenehm und haben viel Schaden angerichtet. Natürlich haben sie nichts finden können.« An dieser Stelle hüstelte Manfrid, um sofort fortzufahren: »Das Geld habe ich an einem Ort versteckt, wo es niemand finden kann.«

»Sie haben es nicht verbraucht? Keine Vorräte damit angeschafft?«

»Das Geld gehört nicht mir . . .«

»Menschenskind, Manfrid, jetzt gehört es Ihnen . . . die angerichteten Schäden müssen repariert und bezahlt werden.«

Die beiden hatten sich richtig warmgeredet, als Rosa Mikkola den zellenartigen Raum betrat, der Manfrid als Büro diente. Jetzt mußte die Pralinenpackung mit den nötigen Erklärungen überreicht werden. Dann wurde sie geöffnet, Kostproben wurden entnommen.

»Hmmm«, äußerte Rosa Mikkola, »Himmlisch . . .«

»Gar nicht übel«, gab Manfrid mit Kennermiene von sich, eine Feststellung, die ihn selbst zum Lachen brachte.

»Genau«, brachte Hook kauend und schluckend heraus.

»Und jetzt zum Geschäftlichen«, sagte Rosa Mikkola unvermittelt. Sie sah großartig aus, vor Eifer glühend, ganz Herrin der Lage. »Unser Spätzugang gestern nacht, dieser Velwig. Hätten wir ihn nicht rechtzeitig aufgegriffen, der Tod wäre ihm sicher gewesen. Unterernährung, Magengeschwüre, schlechter körperlicher Allgemeinzustand. Er hat schwere Zeiten hinter sich, und die Fahrt im ›Hartzustand‹ von Shyle hierher hat das Übrige getan.«

»Ach, von Shyle?« entfuhr es Hook.

»Richtig. Sie haben doch sicher vom Vilgen, dem Männlichkeits-Gen, gehört.«

»Hm . . . ich kann mich ganz vage erinnern . . .«

Sie bedachte ihn mit einem forschenden Blick, so, als

gelte es das Leiden eines Patienten zu diagnostizieren. Dann seufzte sie tief. »Ich habe den Eindruck, daß er dich sehen möchte, Manfrid. Er will dir anvertrauen, woher das Vilgen kommt. Ein Tip von unschätzbarem Wert.«

Manfrid lächelte. »Da ist er nicht der erste, der das versucht, liebe Rosa. Ein alter Trick, mit dem sie einen aufs Glatteis locken wollen. Wir hatten hier in der Mission schon mindestens drei Versuche dieser Art.«

»Dachte ich mir's doch. Freut mich, daß du meinen Eindruck bestätigst. Aber Velwig hat wirklich ungewöhnlich viel durchmachen müssen.«

»Na, wir werden ihn zusammenflicken und ihm Hilfe angedeihen lassen, so gut wir können.«

»Wäre es möglich, daß ich mich mal mit ihm unterhalte?« frage Hook beiläufig.

»Jederzeit, wenn Rosa nichts dagegen hat, Hook.«

»Danke.«

Sie standen auf und gingen in die Kantine, wo Hook sich wieder an den Soja-Köstlichkeiten seines alten Freundes, des Kochs, delektierte. Inzwischen hatte er einiges von Manfrids Vorgeschichte erfahren. Manfrid war kein gebürtiger Puldianer. Seine Erziehung hatte er auf den kostspieligsten Akademien eines benachbarten Systems erhalten. Nach einigen Jahren hemmungslosen hedonistischen Lebens hatte er eine Kehrtwendung vollzogen und sich mit Begeisterung in die Wohlfahrtsarbeit gestürzt. Die Moben-Mission gab es nicht nur auf Puldin, er hatte auch auf vier anderen Planeten Stationen aufgebaut. Auf Puldin lag die Zentrale in Gema City, mit vielen Außenstellen in den anderen großen Städten.

Doktor Rosa Mikkola war von Manfrid für die Arbeit in der Mission angeworben worden, nachdem sie ihre

Stelle in einem Krankenhaus verloren hatte. Man hatte sie gefeuert, weil man für interne Mißstände einen Sündenbock brauchte. Rosa Mikkolas Abneigung gegen Wirtschaftsorganisationen war keine prinzipielle, doch hatten sie ihr den Berufsweg auf teuflische Art versperrt. Nicht einmal Hook war der Meinung, alle Wirtschaftsorganisationen seien teuflich. Rosa, die von Manfrid gerettet und seelisch wieder aufgebaut worden war, gab diese Aufbauarbeit nun freudig an andere weiter.

Ob Manfrid und Rosa ein Liebespaar waren, interessierte Hook nicht im mindesten. Das war allein Sache der beiden. Ihr Umgangston deutete allerdings an, daß sie nichts miteinander hatten. Für Hook hatte das im Moment keinerlei Bedeutung.

»Ich muß jetzt zu Lissa, weil ich es ihr versprochen habe, und dann habe ich einige Erledigungen zu machen.«

»Aber Sie werden uns nicht vergessen, Hook?«

»Unmöglich.«

Er begegnete noch dem mitleiderregenden Wrack des armen Velwig und mußte dessen Angebote, ihm geheime, zu ungeahntem Reichtum führende Informationen zu verkaufen, auf möglichst sanfte Tour abwimmeln. Durch sorgfältig getarnte Fragen brachte Hook in Erfahrung, daß Velwig zu den Unglücklichen gehörte, die entdecken mußten, daß das Aufstöbern der Vilgen-Vorräte doch nicht ganz einfach war und dabei ihr letztes Geld verloren hatten, so daß sie in den elenden Lagern entlang der zum Raumflughafen führenden Straße gelandet waren. Natürlich hatte Velwig keinen Schimmer von den Novamännern. Hook gab dem armen Teufel eine Handvoll Metallgeld und machte sich auf die Suche nach Lissas Wohnadresse.

Sie machte einen sehr glücklichen Eindruck, weil die Familie sie wieder aufgenommen hatte. Auch der Vater des Kindes hatte sich wieder gemeldet und würde bald zurückkommen — na ja, ziemlich bald jedenfalls. Über Hooks Mitbringsel war sie hocherfreut, meinte aber: »Ich werde den ersten selbstgemachten Fingerling immer in Ehren halten.«

Hook rang sich ein Lächeln ab und versprach ihr, sich bei seinem nächsten Aufenthalt auf Puldin wieder bei ihr und dem Baby zu melden.

Jetzt — erst jetzt — atmete er auf, da er sich seiner Verpflichtungen entledigt hatte, und buchte eine Überfahrt an Bord des Trans-Galaxis-Sternschiffes Hopernus nach Trufalion Vier.

Diesmal reiste er zweiter Klasse. Sein Vorrat an Metallgeld war beunruhigend geschrumpft.

Anlaß zur Besorgnis war das keiner. Sobald er mit Brett auf Trufalion Vier Kontakt aufgenommen hatte, konnte mit der Planung begonnen werden. Die Shylao, die den Planeten Shyle, von dem das Vilgen stammte, beherrschten, waren mehr als willig, mit Leuten ins Geschäft zu kommen, die Geld hatten. Sie machten Geschäfte mit Wirtschaftsorganisationen, mit reichen Einzelgängern, mit jedem, der zahlen konnte. Irgendwie war das Geheimnis der Lage des Planeten an die Öffentlichkeit gedrungen und wurde in der Galaxis inzwischen wie eine uralte und sagenhafte Schatzinsel-Karte gehandelt. Die Shylao ließen die armen, irregeführten Teufel auf dem Planeten landen, eilig zu der geheimen Örtlichkeit streben, von deren Lage sie um teures Geld erfahren hatten, nur um herauszufinden, daß das Vilgen nicht vorhanden war.

Verfügten die enttäuschten Vilgen-Sucher nicht über

ausreichende Mittel, rotteten sie sich in den Barackenlagern entlang der Straße zusammen, die zum Raumflughafen führte. Hin und wieder gab es Arbeit für diese Typen. Zweifellos hatte Velwig es geschafft, sich das Geld für die Passage im »harten« Zustand durch äußerst sparsame Lebensweise praktisch vom Mund abzusparen und dieser Hölle zu entkommen.

Hook hingegen wußte genau, wie man Nachschub an Vilgen heranschaffte. Brett verfügte über das Konto. Sie würden ihre Organisation aufziehen, zum Planeten Shyle fahren, sich mit den Shylao an einem Ort treffen, wo Geld oder Kreditkarten gegen Vilgen eingetauscht wurde, und dann nichts wie weg. Ganz einfach also.

Bretts Plan sah jedenfalls so aus.

Hooks Vorstellungen deckten sich mit Bretts Plan bis auf den letzten Teil. Er hatte keineswegs die Absicht, Shyle sofort zu verlassen, nachdem sie das Vilgen bekommen hatten.

Der einzige Grund für seinen Ausflug nach Shyle wurde durch den Namen verkörpert, an den er sich nur ganz selten einen Gedanken zu verschwenden gestattete.

Iola Gervase.

Er hatte es nicht geschafft, sie auf Thalius zu finden —, wobei er die Andeutung einer Ahnung hatte, daß es ihm nicht mal geglückt war, den richtigen Thalius zu finden — und deswegen wollte er ihre Spur von Shyle aus aufnehmen. Sie würde unterdessen sicher wieder zurück sein. Er war überzeugt davon. Sie würde zurück sein, und Ryder Hook würde da sein.

Die Fahrt verlief ohne Zwischenfälle, und das Trans-Galaxis-Sternschiff Hopernus landete auf Trufalion Vier. Hook flog unverzüglich zu Ma Cellery's, einer erstklassigen Kneipe, am Schnittpunkt von sechs Verkehrsbahnen, vier Luftweg-Schaltstellen und einer Vielzahl von Fußgängerwegen gelegen. Das Lokal war gerappelt voll, als er eintrat. Er bestellte ein Orangen-Bier und begann sodann den Roboter auszufragen. Brett tat gut daran, bald aufzukreuzen und ihm mit Metallgeld auszuhelfen, denn Ryder Hook war schon knapp bei Kasse.

»Taynor Brett, Sir?« gab der Roboter von sich. »Ja, natürlich . . .« Seine Lichter blinkten, und er zirpte weiter: »Der ist vor fünf Tagen abgereist. Nein, Adresse hat er keine hinterlassen. Tut mir sehr leid, Sir . . .«

8. Kapitel

Man stelle sich das Ordnungssystem eines Irren vor, vergrößert und verzerrt durch eine übermächtige Technik, um eine annähernde Vorstellung von der Umgebung zu bekommen, in der Ryder Hook sich wiederfand. Schmale Gänge, beidseits von durchsichtigen Türen zu den Abteilen flankiert, und das bis zu einer Höhe von zwanzig Metern. An Bord des Trans-Gal-Sternschiffes Fornavus gab es zehn dieser Kabinenblocks. Zu den einzelnen Kabinen führten verschiebbare Leitern. Anti-Grav-Einrichtungen gab es nicht.

Roboter schoben die Leiter die Führungsschienen entlang, und jeweils die erste Person in der Warteschlange kletterte hinauf und besetzte ein Abteil. Alle hielten ihr Ticket fest in der Hand. Es hatte sie wahrscheinlich ihr letztes bißchen Metallgeld gekostet.

Die Schlange schlurfte weiter, Menschen kletterten die Leitern hoch, schlüpften in die Abteile, legten sich hin und machten es sich einigermaßen bequem. Die transparenten Türen würden zum gegebenen Zeitpunkt automatisch geschlossen werden. Hook rückte in der Warteschlange weiter.

Ein pelziger Cailianer vor ihm klopfte ununterbrochen mit dem Schwanz auf den Metallboden, nicht vor Freude, sondern aus Angst. Die hübsche Frau hinter Hook ermahnte ihr Töchterchen ständig, sich zu benehmen, nicht am Daumen zu lutschen und nicht davonzulaufen. Hook versuchte, sich gegen alles abzuschotten, gegen den penetranten Ölgeruch, gegen die statisch aufgeladene und schale Luft, gegen den Maschinengeschmack, der allem anhaftete. Das Licht von oben war hart und unerbittlich, doch die unteren Bereiche wurden davon nicht berührt. Sie lagen im Dunkel.

Er kletterte die Leiter hoch, verglich die Nummer an der Abteiltür mit der des Tickets und streckte sich aus. Der Platz war knapp. Die Liege war hart. In dem beengten Raum wurde der Geschmack nach Maschinen und das Gefühl statischer Elektrizität nahe unerträglich. Hook lag da und wartete.

Das kleine Mädchen plapperte ununterbrochen und wurde von seiner Mutter ständig zur Ruhe ermahnt. Beide lagen in einem Abteil. Das war billiger.

Kalt strömte die Luft durch seine Nasenlöcher. Alles war kalt. Eisige Kälte ergriff von seinem ganzen Körper Besitz.

Die transparenten Türen schlossen sich. Das dumpfe Geräusch des Schließens war nicht der Rede wert. Doch das Zischen und Saugen der Kompressoren ließen die Liege erzittern. Hook bemühte sich, eine möglichst bequeme Stellung einzunehmen und an die angenehmen Dinge des Lebens zu denken — Blumen in einem Garten, an die Klänge schöner Musik, an das Schleiergewand eines im Mondschein tanzenden Mädchens, an die Wonnen exklusiver Tafelfreuden und eines guten Tropfens, ohne an Unkosten oder Übelkeit denken zu müssen, an die schönsten Bücher, die er je gelesen hatte, an die Shows, an die er sich erinnern konnte . . .

Ohne den leisesten Anflug von Originalität hießen diese Verliese im Raumfahrerjargon Leichenhallen.

Ryder Hook überwand die Entfernung mehrerer Parseks im »Hartzustand«.

. . . an die enorme Faszination und die Erregung, die einen beim Besuch eines neuen Museums erfaßte, wenn man ein weiteres Stück der vielfältigen, exotischen Geschichte der Galaxis entdeckte.

Zwinkernd öffnete er die Augen.

Das bleierne Gefühl der Lethargie in den Gliedern, seine unregelmäßigen Herzschläge, der pelzige Belag auf der Zunge und die schweren Lider, die am liebsten geschlossen geblieben wären, waren Beweise dafür, daß er am Ziel angelangt war. Das schwächer werdende Jaulen der Antriebe verriet es ihm.

Hook begann mit ein paar vorsichtigen Übungen, den Anweisungen folgend, die man ihnen gegeben hatte. Alles schien in Ordnung. Nur sein Kopf brummte.

Dann untersuchte er sich gründlicher. Na, wenigstens lebte er noch.

Es schien ungewöhnlich lange zu dauern, bis die transparenten Türen aufschwangen und ölig riechende, schale Luft hereinströmte.

Hook streckte und reckte sich fröstelnd. Dann schwang er die Beine über den Rand der Liege und setzte sich auf.

Roboter schoben die Leitern die Schienen entlang,

schon kletterten Passagiere steifgliedrig hinunter. In der Leichenhalle ging es richtig turbulent zu. Nur zu verständlich. Der Kapitän wollte seine »harten« Passagiere rasch ausladen, damit die nächste Herde hereingetrieben werden konnte.

Die Metallsprossen der Leiter klirrten gegen sein Türschloß. Hook schlängelte sich aus dem Abteil und stellte sich auf die nächste Sprosse, sehr darauf bedacht, daß der Cailianer, der über ihm gelegen hatte, ihm nicht auf die Finger trat. Dann begann er mit dem Abstieg.

Die Tür des Abteils unmittelbar unter dem seinen stand offen. Die Frau mit dem kleinen Mädchen lag noch auf der Liege. Die beiden rührten sich nicht. Ihre Gesichter wirkten mumienhaft, die Haut verschrumpelt, marmoriert und eingefallen. Die Wangenknochen traten spitz hervor. Sie atmeten nicht.

Die Roboter würden sich beeilen, die zwei hinauszuschaffen und alles für eine anständige Beerdigung in die Wege leiten. Natürlich bestand die statistische Chance, daß man aus dem tiefgefrorenen Zustand nicht wieder zum Leben erwachte. Doch waren die Überlebenschancen sehr viel größer als bei einer Überfahrt mittels Materie-Transmitter, bei der man mit eins zu einer Million mit dem Tod rechnen mußte.

Gemeinsam mit den anderen Passagieren ging Hook die Gänge entlang, bis sie das Schiff hinter sich hatten und vor dem Zollbüro in der Sonne Puldins blinzelten. Er gab seine zwei Energie-Handwaffen und das Magazin seiner Disgel-Waffe an. Die Empfangsbestätigung verstaute er sorgfältig in seiner Gürteltasche.

Auf dem Weg aus dem Zollbüro stieß ein Mann mit Hook zusammen. Er zerdrückte die Empfangsbestätigung in seiner Hand und meinte zu Hook: »Was nützt mir dieser Wisch, wenn jemand auf mich schießt! Mit dem Zettel kann ich nicht zurückschießen.«

Hook bezweifelte, daß der Kerl auf die »harte« Tour gereist war, denn seine Wangen waren voll, um nicht zu sagen aufgedunsen, seine Haut rot gefleckt, mit hervortretenden Adern um die Nasengegend durchsetzt. Wenn man eine Raumfahrt im gefrorenen Zustand hinter sich hatte, war man grau, abgewrackt und erschöpft. Man konnte es einem ansehen. Hook selbst fühlte sich flau und miserabel. Er war keinesfalls gewillt, das Geschwafel eines Idioten über sich ergehen zu lassen — wozu er ansonsten immer bereit war.

»Nein«, sagte er daher knapp und ging einfach weiter.

Sein Bestand an Metallgeld war ihm durch die Finger geronnen und dann katastrophal zu einer Flut angeschwollen. Jetzt hatte er gerade noch so viel, daß er sich ein anständiges Essen und ein Taxi leisten konnte.

Natürlich konnte er immer noch hingehen und eine Bank ausrauben, wie es in der alten Redensart empfohlen wurde.

Aber Ryder Hook war kein Verbrecher. Er verachtete Gewalt. Und doch hatte er kriminelle Handlungen gegen jene begangen, die es verdienten, insbesondere die Novamänner. Im Kampf gegen diese hatte er Gewalt angewendet. Aber nur weil er pleite war, konnte er nicht einfach hingehen und jemanden beklauen, der ihm nichts getan hatte. Und die Tatsache, daß irgendeine Wirtschaftsorganisation ihm Schaden zugefügt hatte, weil es sich bei seinen Geschäften mit diesen Organisationen immer um krumme Touren gehandelt hatte, durfte seine Entscheïdung moralisch nicht beeinflussen.

Da er keinem Multi-System-Konglomerat angehörte und keine Kreditkarte besaß, die seine Ergebenheit bekundet hätte, war er Freiwild. Ja, gewiß, wenn Ryder Hook losmarschiert wäre und die örtliche Niederlassung einer zu einer Wirtschaftsorganisation gehörenden Bank ausgeraubt hätte, wäre das nur eine Begleichung einer alten Schuld gewesen. Er hätte sich geholt, was ihm gebührte. Die Vergeltung hätte ihn ganz automatisch schnell und ohne Verzug ereilt. Sein Status als Freiwild, als Opfer, als Einzelgänger hätte ihm seinen Verfolgern gegenüber wenig Vorteil, aber viele Nachteile gebracht.

Der Taxi-Roboter nahm sein kostbares Metallgeld anstatt der erwarteten Kreditkarte mit einem mechanischen verächtlichen Schnauben in Empfang. Roboter litten an den verschiedenartigen Defekten, die von ihren Schöpfern in den Programmen unwissentlich verursacht worden waren. Besonders die Taxi-Roboter waren berüchtigt für ihre nachlässige Haltung Kunden gegenüber. Aber übelnehmen konnte man es ihnen eigentlich nicht. Taxi-, Müll- und Kellner-Roboter, sie alle hatten ein gemeinsames Gefühl einprogrammiert, das die überlegenen Beamten- und Angestellten-Roboter nicht teilten.

Manfrid freute sich riesig über sein Kommen.

Als sie vor dem Büro einen Händedruck wechselten, während eine Reihe hagerer Männer und Frauen zum Essen schlurfte, sagte Manfrid: »Also, mein lieber Hook. Was führt Sie diesmal zu uns?«

Diese Frage war viel zu direkt, um sie momentan beantworten zu können.

»Ich bin pleite«, war alles, was Hook sagte.

»Ach . . . also, unser freies Essen beinhaltet Suppe, selbstgebackenes Brot und einen Keil künstlichen Käse, der nicht so übel riecht wie einige, die ich mal erlebte.«

»Danke«, sagte Hook. »Ich esse alles.«

»Sie sind also total abgebrannt?«

»Tja, das passiert schon mal.«

Ein Bursche in brauner Tunika, blauen Hosen und weißen Schuhen kam vorbei. Sein Haar stand struppig in die Höhe, ein Umstand, dem er vergeblich durch ständiges Glätten beizukommen trachtete. Sein Gesicht war voll, die Augen klar. Er wirkte hellwach und sehr kompetent, obwohl ihm eine Rasur gutgetan hätte. In der Hand trug er einen Werkzeugkasten.

Hook erkannte ihn kaum. »Velwig . . .«

»Hallo, Hook. Ja, ich bin es. Ich arbeite jetzt hier, dank Taynor Manfrid. Unten in Nummer drei habe ich eben die Kollektoren im Dynamo ersetzt. Jetzt müssen wir nur aufpassen, daß Kühlung und Licht weiterhin funktionieren.«

»Ich nehme an, daß alles hervorragend klappt. Dank dir, Velwig.«

Nachdem Velwig sich getrollt hatte und zum Essen gegangen war, faßte Hook die Situation zusammen: »Manfrid, da ist Ihnen aber eine Verwandlung geglückt. Meinen Glückwunsch.«

»Er ist an sich ein guter Mann. Und über diesen Vilgen-Unsinn ist er hinweg. Er hat uns ein paar schreckliche Dinge über die Vorgänge auf Shyle berichtet.«

Das traf Hook wie ein Eiswasserstrahl ins Gesicht.

Wenn er den richtigen Hebel zog, wenn er die richtigen Dinge sagte und nichts vermasselte, dann war es zu machen . . . Die Moben-Mission konnte ihm als Werkzeug dienen . . .

»Manfrid, erzählen Sie mir mehr von Shyle.«

Beim Essen, das Manfrid gemäß seinem Moralkodex oft mit dem Abschaum der Oberstadt zusammen einnahm, hörte Hook wieder von den bedauernswerten Opfern der Habgier, die entlang der Raumflughafenstraße hausten. Das Gefühl, das aus Manfrids Bericht sprach, war nicht mißzuverstehen. Männer und Frauen beeilten sich, ihr Hab und Gut zu verkaufen und ihre Ersparnisse für falsche Informationen und eine Expeditionsausrüstung auszugeben. Wenn sie dann auf Shyle ihre eigene Dummheit erkannten, war es zu spät, und sie hatten kein Geld mehr. In den Lagern mußte es schrecklich zugehen.

Hook meinte beiläufig: »Wo haben Sie nur diesen Käse her? Der muß hinten von einem Antigrav-Laster gefallen sein und lange in der Gosse gelegen haben.«

Manfrid war das keinen Lacher wert. »Hook, der Käse ist wirklich nicht sensationell, aber er ist eßbar. Seien Sie froh . . .«

»Bin ich doch, ehrlich! Jede Wette, daß die armen Narren auf Shyle sich über diesem Stück Käse prügeln würden.« Ohne Manfrid anzusehen, kaute er weiter und schluckte, um sodann tonlos und gleichmütig zu fragen: «Wissen Sie, Manfrid, mir scheint, diese armen Schweine sind genau das, womit sich die Moben-Mission befassen müßte.«

Manfrid fuhr auf. Langsam legte er Brot und Käse neben den blanken Suppenteller. Er drehte sich zu Hook um und starrte ihn an.

»Ich . . . ja . . . ich glaube . . .«

Hook sagte gar nichts.

»Hook, die Moben-Mission bedeutet mir sehr viel. Wirklich sehr viel. Hier auf Puldin haben wir viel Armut vorgefunden, und wir haben versucht, den Unglücklichen zu helfen. Aber auf Shyle . . .« Er verfiel ins Grübeln, ganz aufrecht dasitzend. Sein Blick verriet, wie seine Gedanken in Bewegung gerieten, planten, ordneten, neue Ausblicke wahrnahmen.

Schließlich sagte er: »Ich glaube, dieser Gedanke wäre mir selbst bald gekommen. Velwigs Geschichte hat mich sehr berührt. Aber ich danke Ihnen, Hook, daß Sie mir den Weg zeigten, den ich beschreiten muß.«

Manfrid war eindeutig von einer philanthropischen Aura umgeben. Er war ein Mensch, der in der Galaxis eine Aufgabe übernommen hatte. Was ihn antrieb, wollte Hook gar nicht wissen, also fragte er ihn erst gar nicht danach.

Für Hook war nur wichtig, daß Manfrid, der in einer im allgemeinen als schlecht geltenden Galaxis Gutes zu tun versuchte, nun im Begriff stand, etwas zu tun, was Ryder Hook perfekt in den eigenen Kram paßte.

Beim letzten Happen Käse nickte Hook stumm. Langsam stellte sich bei ihm das Gefühl ein, daß das Leben doch nicht nur ein schwarzer Abgrund der Korruption war.

Leider konnte er den unbehaglichen Gedanken nicht verdrängen, daß er zu anderen Methoden hätte greifen müssen, wenn Manfrid nicht von selbst darauf gekommen wäre, auf Shyle eine Missionsstation zu eröffnen. Er hätte in diesem Fall PLP informieren können, sie sollten sich bei der Moben-Mission umsehen, wenn sie etwas über den verschwundenen Koffer ihres Top-Managers in Erfahrung bringen wollten. Als Folge davon hätte der natürlich vorgewarnte Manfrid verschwinden müssen.

Warum ein Einzelgänger wie Ryder Hook heilfroh war, daß er mit keiner linken Tour wie dieser gegen die Kreditkarten-Schurken vorgehen mußte, wunderte ihn nur wenig. Er machte sich nicht viel aus Menschen, das stand fest. Doch es erweckte doch ein merkwürdiges

Interesse in ihm, daß er Manfrid und Doktor Rosa Mikkola — und sogar Velwig aus diesem Kreis, der ihm gleichgültig war, ausschloß.

In den folgenden Tagen begann Manfrid mit den Vorbereitungen. Seine Helfer konnten auf Puldin gut weitermachen, sein Stellvertreter würde allem gewachsen sein. Manfrid wollte mit einem kleinen Voraustrupp die Bedingungen erkunden und feststellen, was gebraucht wurde.

Hook war es einerlei, was mitgenommen wurde, solange Ryder Hook dabei war.

Das gab er sehr deutlich zu verstehen, um sogleich hinzuzusetzen: »Ich fühle mich verpflichtet, mitzuhelfen. Sie waren so gut zu mir, Manfrid. Auf Shyle könnte es etwas rauh zugehen. Sie werden feststellen, daß ich . . . sehr nützlich sein kann.«

Manfrid dachte daran, was hier geschehen war und wie Hook die Lage gemeistert hatte, und wie er sich persönlich verhalten hatte. Ja, gewiß, Hook konnte sehr nützlich sein.

»Wir bezahlen unsere Helfer sehr schlecht. Wir sind eine auf Freiwilligkeit basierende Organisation . . .«

»Schon gut. Ich begnüge mich mit Verpflegung.«

Um sich einen Namen auszudenken, der einigermaßen glaubhaft klang, hatte er längere Zeit gebraucht.

»Da wäre noch eines, Manfrid. Ich heiße nicht wirklich Ryder Hook . . .«

»Ach?«

»Sie nennen mich besser bei meinem richtigen Namen, nur so zur Sicherheit, und vergessen, daß Sie je von einem Ryder Hook gehört haben.«

»In Ordnung. Ich werde Rosa und Velwig Bescheid sagen.«

»Schön. Ich bin Rikter — Sig Rikter.«

Manfrids Verwunderung war ihm vom Gesicht abzulesen, als er seine Tolle zurückstrich.

»Ich bin froh, daß Sie es mir sagen, Sig. Zwischen Menschen, die zusammenarbeiten, sollte es keine Geheimnisse geben.«

»Ganz meine Meinung.«

Doktor Rosa Mikkola bestätigte ihm, daß Sig Rikter sich sehr gut machte, viel besser als das lächerliche Ryder Hook.

Velwig zog bloß die Schulter hoch und bedachte Hook mit einem Blick, der ihm mehr oder weniger zu verstehen gab, daß er so viele Namen verwenden konnte, wie es ihm beliebte, ohne daß es Velwig gekümmert hätte, solange es drei-, viermal am Tag etwas zu futtern gab.

Kurz vor der Abreise hatte Hook das Gefühl, es wäre besser, eine Nachricht an Shaeel und Karg durchzugeben. Gleichzeitig konnte er ein Allgramm an Ma Cellerys Adresse aufgeben, für den Fall, daß dieses keilgesichtige Ekel zurückgekommen war . . .

»Bleiben Sie nicht zu lange aus«, rief ihm Rosa Mikkola nach, als er seinen Aufstieg begann. »Wir müssen die letzte Ladung Medikamente durchgehen.«

»Bin gleich wieder da, Rosa.«

Ryder Hook, jetzt als Sig Rikter bekannt, kletterte hinauf, um vom nächstmöglichen Punkt aus einen Taxi-Roboter zu rufen.

9. Kapitel

In der glitzernden Galaxis des hundertundersten Jahrhunderts empfand Hook, der eine knappe Nachricht an Ma Cellerys Adresse durchgeben ließ, es als erfrischende Erfahrung, Menschen mit ausgeprägtem Sinn für Integrität aufzutreiben.

Er war natürlich nicht so dumm anzunehmen, daß in der bislang entdeckten Galaxis alle schlecht, sündig und dekadent waren. Keine Rede davon. Doch als Einzelgänger ohne Kreditkarte lernte man viel mehr von der trüben Kehrseite des Lebens kennen als andere Menschen.

In Hooks Fall war es so, daß ihm die Projektmänner knapp auf den Fersen waren und ihre »Doorn« genannten Agenten ihn bei der erstbesten sich bietenden Gelegenheit auslöschen würden.

Einer der berüchtigsten Agenten der Novamänner, der Doorn Win Fareng, mußte sich schriftlich verpflichtet haben, Hook zu erledigen. Diesem Win Fareng war Hook noch nie begegnet und verspürte auch nicht den Wunsch danach. Sollte es doch einmal der Fall sein, dann hoffte er, eine große und starke Waffe in der Hand zu haben und kein kleines, nur bedingt nützliches Modell für den Gebrauch in der Stadt.

Brett ließ er die knappe Nachricht zukommen, er solle ihn auf Shyle oder Puldin zu erreichen versuchen, und unterzeichnete mit Duke Everest. Dann schlenderte er gemächlich aus dem Postgebäude.

In unmittelbarer Nähe ragte das Zentralarchiv auf, und Hook wurde von einem sonderbaren Gefühl erfaßt. Er spürte das beinahe zwanghafte Bedürfnis, die Richtung zum Museum einzuschlagen.

Er gehörte zweifelsohne zu der Gattung der Museumsnarren. Doch er hatte Rosa Mikkola versprochen, rasch zurückzukommen und den Medikamentenvorrat durchzukontrollieren. Sollte er nicht doch rasch einen Blick hineinwerfen?

Mit großem Bedauern entschied Hook dagegen.

Er kannte sich selbst gut genug, um zu wissen, daß er, wenn er nur die Nase in ein Museum hineinsteckte, drinnen bleiben würde, bis geschlossen wurde und man ihn praktisch hinauswerfen mußte.

Er hatte einen Vorschuß an Metallgeld auf das Gehalt genommen, auf dem Manfrid bestanden hatte, so daß er sich neben den Allgrammen noch ein oder zwei kleine Einkäufe leisten konnte. So klein das Gehalt war, es erwies sich jetzt als sehr nützlich.

Das Kaufhaus, für das er sich entschied, erhob sich zehngeschossig voller Glanz und Glamour und mit Waren vollgestopft, die so geschickt arrangiert waren, daß die Kunden bereitwillig ihre Kreditkarten zückten. Gleichzeitig wußte die Kaufhausleitung um den Wert des im Umlauf befindlichen Metallgeldes und hatte dafür gesorgt, daß damit ebenso anstandslos eingekauft werden konnte. Nicht jeder konnte eine Kreditkarte besitzen, doch waren die Einzelgänger, die dem System der Wirtschaftsorganisationen trotzten, eindeutig in der Minderheit.

Das Kaufhaus ähnelte einem riesigen hohlen Würfel, in dem um einen Mittelteil zehn Geschosse hoch Regale verliefen. Dieser Mittelteil war ganz offen, damit die Kunden, männliche wie weibliche, mit ihren Antigrav-Packs zwischen den einzelnen Geschossen hin und her pendeln konnten.

Bislang hatte Hook sich noch keinen neuen Antigrav-

Pack besorgt. Da er keinen gebrauchten haben wollte, benutzte er einen der transparenten Zylinder, in denen die Menschen wie in Bläschen auf und ab schwebten.

Beim Betreten des Zylinders sagte er: »Parfumabteilung, bitte.«

Durch geschickte Fragen hatte er die Marke von Rosas Lieblingsparfum herausbekommen. Auf Shyle würde ein kleiner Vorrat davon ihr sicher Auftrieb verleihen. Was Manfrid betraf, so wollte er sich erkundigen, ob es neue Musikaufnahmen von fremden Planeten gäbe, damit gewährleistet war, daß auch in ihrem Stützpunkt auf Shyle Manfrids Hobby nicht zu kurz käme.

Ein Mann näherte sich dem transparenten Zylinder. Er war mit einem hellgrünen Coverall bekleidet, über dem rechten Arm hing lässig ein Mantel. Hook registrierte es mit der Aufmerksamkeit, die er stets den Gegenständen und Menschen seiner Umgebung widmete.

Es war sein eigener Fehler gewesen. Er hätte die für Brett bestimmte Nachricht nicht mit dem Namen Duke Everest unterzeichnen sollen. Und eben hatte er nach der Parfumabteilung gefragt. Da die Spürhunde der Projektmänner seine Fährte dort oben zu leicht verloren hätten, hatten sie sich entschlossen, jetzt zuzuschlagen.

Lieber wäre ihnen natürlich gewesen, sie hätten ihn irgendwie aus diesen Menschenmassen absondern können. Doch sie wollten nicht riskieren, ihn aus den Augen zu verlieren, da Körperspuren sich sehr schnell verflüchtigen und man dann eine Fährte nur sehr schwer wieder aufnehmen konnte.

Der Mann hob die Rechte, über die der Mantel drapiert war.

Hook warf sich flach hin.

Er schlug auf dem Boden auf, rollte weiter und spürte den Schuß über seinen Kopf hinwegpfeifen. Gleich darauf schlang er seine Arme um die Beine des Verfolgers. Das machte er mit so großem Kraftaufwand, daß sie einander verschlungen zu Boden gingen. Hooks knorrige Faust holte zu einem kurzen Hieb aus, der direkt in die Kehle traf. Der Kerl stieß einen gurgelnden Laut aus und erstarrte zur Reglosigkeit. Hook blickte um sich.

Ringsum herrschte Aufruhr. Menschen schrien.

Hätte Hook sich nicht rechtzeitig zu Boden geworfen, der Schuß hätte ihn in der durchsichtigen Röhre getroffen wie einen Goldfisch im Glas. Er wäre unrettbar verloren gewesen.

Diesen einen hatte er sich vom Hals geschafft, doch jagten die Schnüffler meist in Rudeln wie Wölfe.

In dem Augenblick, als er hochsah, schlug eine Kugel in den unter ihm liegenden Mann ein. Der scharfe Knall des Schusses übertönte das allgemeine Geschrei. Männer und Frauen waren in wilder Flucht begriffen. In der Luft hing der Geruch von Schießpulver.

Hook, der sich mit trügerischer Geschwindigkeit bewegte, ging hinter einem mit Toilettenartikeln vollgepackten Ladentisch in Deckung. Während des Laufens hatte er sich nicht umgeblickt. Explosionsgetriebene Projektile und ihre jüngeren Geschwister, die linearbeschleunigten Modelle, konnten ihn ebenso wirksam töten wie der Energiestrahl einer Tonota Achtzig.

Geschosse rissen hinter ihm den Bodenbelag auf. Hinter dem Ladentisch zusammengekauert, überlegte Hook seine nächsten Schritte. Er kroch weiter und stieß unversehens gegen den kurzen Rock und die langen Beine eines ebenfalls auf dem Boden kauernden Mädchens. Sie schrie mit voller Lautstärke Zeter und Mordio.

»Unten bleiben, Tayniss, dann kann nichts passieren.«

Ihr Mund war weit geöffnet wie eine große Höhle. Sie schrie weiter.

Die Bewohner des Planeten Puldin, auf dem das Anti-Waffen-Gesetz sehr streng gehandhabt wurde, waren an Schießereien nicht gewöhnt. Sie lebten in einer realen und zivilisierten Welt, ganz anders als der Abschaum, der die grauen Randbezirke dieses hellen Planeten bewohnte. Abschaum wie Ryder Hook, würden die Späher der Novamänner sagen. Sie versuchten jetzt die gesamte Länge des Ladentisches zu durchlöchern. Hook sah in die andere Richtung. Das Gefühl, in der Falle zu sitzen, behagte ihm nicht.

Auch für Hook war alles zu schnell gekommen, so schnell, daß er es nicht geschafft hatte, dem Mann, den er umgestoßen hatte, die Knarre abzunehmen, die irgendwo in seinem Mantel versteckt war.

Er erwog, die Empfangsbestätigung für seine Waffen zu schwenken und »Bumm« zu rufen. Vielleicht würden die Burschen umfallen und sich tot stellen.

Es mußte einen Ausweg aus dem Tohuwabohu geben.

Das Mädchen hörte nicht auf zu schreien, der Lärm aus dem Mittelteil des turmartigen Kaufhauses dröhnte gegen die Mauern. Die Leute wußten nicht, wie sie auf die Schießerei reagieren sollten.

Er entdeckte einen Spalt zwischen zwei Teilen einer Plastikverkleidung und spähte hindurch. Der Tote lag auf dem Boden, von den Kugeln seiner Freunde durchlöchert. Rauchfahnen trieben durch die Luft. Wie viele dieser Bastarde waren überhaupt hier? Hook schätzte, daß man für eine Aufgabe dieser Größenordnung vier Leute losgeschickt hatte. Für einen einfachen Vergeltungsmord eine vernünftige Zahl.

Nun, und einer war schon erledigt.

Die anderen drei — falls es nur drei waren — schossen den Ladentisch, hinter dem er in Deckung gegangen war, in Stücke. In wenigen Sekunden würde das Plastikmaterial im Eimer sein.

Er drehte sich um.

Dann machte er sich daran, die Schubfächer der hinter ihm stehenden Vitrine auszuräumen, wobei er bedacht war, daß sich seine Tätigkeit unter dem Niveau des Ladentisches abspielte. Der Raum hinter ihm füllte sich mit Seifen und Spraydosen, mit Puderschächtelchen und Schaumbadbehältern. Die Rückseite des Regals bestand nur aus einer dünnen Plastikabdeckung, die er mit einem einzigen festen Hieb durchstieß.

Jetzt hieß es, den Inhalt dieses Teils des Ladentisches beiseitezuschieben. Hook zwängte sich durch einen Wust von Flanellsachen, Schwämmen und Handtüchern.

Im Inneren hörte man den Lärm merklich gedämpfter.

Hook dankte allen Göttern des glitzernden Sternenstrudels, daß die Menschen, die etwas kaufen wollten, alles gern anfaßten und ansahen, anstatt blind aus einem Roboter-Katalog zu ordern. Rasch kroch er in seinem neuen Versteck weiter. Am Ende angelangt, machte er sich nicht einfach davon, sondern sah zurück — die Strecke entlang, die er gekommen war.

Die Typen hatten unterdessen den Ladentisch total zerschossen. Hook schätzte, daß das Mädchen an der Stelle, wo sie sich in blinder Panik hingeworfen hatte, in Sicherheit war. Wäre er an seinem Standort geblieben, die Kugeln hätten ihn durchlöchert wie ein Sieb.

An zwei Stellen stieg Rauch hoch. Jetzt war kein Mensch mehr zu sehen, die Kunden hatten die Flucht ergriffen, man hörte ihr Geschrei noch aus der Ferne.

Ein Mann gab vom Ladentisch gegenüber ständig Schüsse ab. Um an ihn heranzukommen, hätte Hook die dazwischenliegende freie Fläche überwinden müssen. Der andere stand in einem gewissen Winkel näher und hatte keinen Schimmer, daß Hook auf dieser Seite und in seiner Nähe war.

Hook verkniff sich ein zufriedenes Grinsen.

Gab es noch einen dritten, der sich irgendwo versteckte, bereit, ihm den Fangschuß zu geben, wenn er sich zeigte?

Hook fing an, Handtücher einzusammeln, blaue Handtücher, die annähernd die Farbe seines Coveralls hatten. Die Chance war so hauchdünn, daß man sie vergessen konnte. Aber etwas anderes wollte ihm nicht einfallen.

Der Mann, der näher zu Hook postiert war, hörte auf zu feuern.

»Anson, der ist erledigt. Er muß längst tot sein.«

Der andere, dieser Anson, stellte ebenfalls das Feuer ein und rief zurück: »Wahrscheinlich. Also los, such ihn.«

»He . . .«

»Was ist, Stander? Hast du kalte Füße gekriegt? Er hat keine Waffe bei sich.«

Von weiter hinten kam eine dritte Stimme, kälter und härter im Ton.

»Stander, tun Sie, was man Ihnen sagt.«

»Jawohl, Taynor Cropper. Sofort.«

»Und zwar schnell. Die Sicherheitstruppe in diesem Laden ist zwar hundsmiserabel, aber es wird nicht lange dauern, und die Typen werden sich in Bewegung setzen. Los schon!«

»Jawohl, Taynor Cropper.«

Also gab es noch einen dritten.

Der Ganove Stander titulierte ihn förmlich mit »Taynor«, folglich war Cropper derjenige, der das Sagen bei dieser Aktion hatte. Hook nahm sich vor, sehr bald Näheres über diesen Schnüffler Cropper herauszufinden.

Stander stand auf. Die Waffe vor sich haltend zielte er auf den total zerschossenen Ladentisch. Er setzte sich in Bewegung.

Er ging in Hooks Richtung, wo der Tisch sich erstreckte und an den stieß, den Hook entlanggekrochen war. Jetzt oder nie, hieß die Parole. Das Handtuchbündel hatte zwar nichts Menchenähnliches. Es waren mannsgroße Handtücher, zusammengeknüllt, blau . . .

Er packte das Bündel und machte sich bereit. Dann sprang er auf, schleuderte das Bündel seitlich weg und schnellte in einem energiegeladenen sprungdurchsetzten Lauf auf Stander zu.

Dieser sah die blaue mannsgroße Form aus dem Augenwinkel, drehte sich um und ballerte los. Es war ein häßliches bellendes Geräusch. Sein Zeigefinger lag noch um den Abzug, als Hook ihn traf.

Zusammen gingen sie zu Boden, Hook unten, Stander auf der Seite nach außen. Er langte nach der Waffe.

Während Hook mit der Linken dem Kerl die Kehle zudrückte, nahm er ihm mit der Rechten die Knarre weg.

Stander war tot. Aber nicht Hook war es, der ihn getötet hatte. Wie das erste arme Schwein war er von seinen eigenen Leuten erschossen worden. Hook spürte, wie die Kugeln in den auf ihm liegenden Leichnam schlugen.

Die Waffe war eine Pilot Plus, die relativ große Kugeln mit hoher Geschwindigkeit abfeuerte. Das Plastikgehäuse war Nußholzimitat, reichlich mit Goldverzierung versehen. Dieser Stander hatte sich offenbar als Meisterschütze gesehen.

Hook zielte damit über den Toten hinweg und feuerte in rascher Folge. Die Waffe in seiner Hand zuckte. Er verschoß ein volles Magazin, eine Runde nach der anderen, ohne genau zu wissen, wohin die Schüsse gingen. Er feuerte nur ungefähr in die Richtung Ansons. Cropper würde sich zurückziehen müssen und konnte später erledigt werden.

Als Anson einen Schrei ausstieß, tauchte um Hooks harten Mund ein dünnes, häßliches Lächeln auf.

Er fuhr ohne zu zögern in Standers Taschen und holte vier weitere Magazine hervor. Drei davon stopfte er in seinen Beutel, um mit dem vierten die Pilot Plus nachzuladen. Der Geruch von verbranntem Schießpulver in der Luft nahm ihm den Atem und brannte in seinen Augen.

Einen unheimlichen Moment lang herrschte Stille in dem Bereich des Kaufhauses, wo eine Minute vorher das betäubende Ballern der Schußwaffen die Sinne betäubt hatte.

Jetzt war für Hook der Augenblick gekommen, um sein Leben zu laufen . . .

Dieser Bastard Cropper war noch immer irgendwo dort hinten, auf der Lauer, und wartete auf die Chance, seinem Zielobjekt einen Schuß zu verpassen.

Das Zielobjekt war Ryder Hook, und Hook hatte eine Abneigung gegen Kugeln in seinem Körper.

Außerdem bestand die Möglichkeit, daß Anson nur markierte. Vielleicht war sein Aufschrei nur ein Trick gewesen. Er konnte heil und unversehrt irgendwo in Deckung liegen und darauf warten, daß Hook den ersten Schritt täte . . .

Mit der Pilot Plus in der Rechten und Standers blutiger Tunika in der Linken, begann Hook, sich rücklings davonzuschlängeln, Kopf und Körper hinter dem Toten in Deckung haltend. Niemand schoß auf ihn.

Um zur relativen Sicherheit des Ladentisches zurückzugelangen, mußte er vorsichtig die freie Fläche überqueren. Darauf warteten die Typen wahrscheinlich nur. Ebensogut aber konnten sie zwischen den Tischen herumkriechen und versuchen, ihn hinterrücks abzuknallen. War er zu langsam, würden sie ihn von der Seite her angreifen. War er zu schnell und riskierte es, sich sehen zu lassen, dann waren die Schüsse von vorne oder von der Seite zu erwarten. Er zog Stander mit sich und schob sich zollweise in Richtung Ladentisch.

In gewissen Abständen hielt er inne und sah sich prüfend um. Es war nur mehr ein kurzes Stück zum Ladentisch, als er wieder innehielt, sich umsah und diesmal auch einen Blick nach oben schickte.

Auf der nächsthöheren Ebene trat ein Mann im hellgrünen Coverall in sein Blickfeld. Er hob den Arm, die Automatic in seiner Hand blitzte auf.

Hook zögerte keine Sekunde.

Er gab einen Feuerstoß von drei Schüssen ab.

Der Mann schwankte. Von seinem Kopf war nicht mehr viel übrig.

Hook schob sich weiter auf den Ladentisch zu, und noch immer gab der letzte Mann kein Lebenszeichen von sich.

Ein Heulton in der Ferne zeigte die Ankunft der Sicherheitstruppe des Kaufhauses an.

Endlich.

Als Hook den armen alten und toten Stander liegen ließ und sich über die Reste des Ladentisches katapultierte, war dies nicht Ergebnis schierer Muskelkraft, sondern entsprang der Fähigkeit zur wirkungsvollen Koordination körperlicher Fähigkeiten. Die erwarteten Schüsse blieben aus.

Dieser Gonil Taynor Cropper hatte sich empfohlen, als die Sicherheitstruppe eintrudelte.

Hook, der — sicher ist sicher — geduckt hinter dem Ladentisch weiterlief, kam nun an dem Mädchen vorüber, das gnädigerweise in Ohnmacht gefallen war. Am anderen Ende des Ladentisches richtete er sich auf. Die Pilot Plus verschwand unter Hose und Tunika. Solange er die Arme vor sich verschränkte, würde man die Waffe gar nicht bemerken.

Dank seiner ihm vom Geheimdienst der Armee der Erde eingebauten anti-homotropen Einrichtungen durfte er hoffen, daß ihn die Suchgeräte des Sicherheitsdienstes nicht erfassen würden, auch nicht, wenn er in deren unmittelbare Nähe geriet. Herzschlag, Schweißdrüsentätigkeit, Körperhaarstrich, Temperatur, Atemrhythmus — alles, was hochempfindliche Sensoren zu erfassen vermochten, wurde durch seine eigene weit überlegene Ausrüstung verfälscht. Trotzdem ging er mit größter Vorsicht die Treppe des Notausganges hinunter, weil er sich nicht dem nahezu unvorstellbaren Versagen der Lift-Zylinder aussetzen wollte. Er begegnete niemandem, ein Umstand, der ihn sehr aufmunterte. Auf der nächsten Ebene kam er hervor und war sofort von einem Mob aufgeregt schnatternder Menschen umgeben, die sich wegen der Vorkommnisse nicht beruhigen konnten.

Nachdem er sich vergewissert hatte, daß keine Blutspuren an ihm sichtbar waren, kaufte er die Sachen, deretwegen er gekommen war, in aller Seelenruhe ein, und ließ die Waffe in die vorbereitete Tüte gleiten. Die

Tüte mit zwei Fingern haltend, schlenderte er hinaus in den Sonnenschein. Die städtische Polizei war im Großeinsatz, Tausende von Menschen drängten sich vor dem Gebäude und machten einen Höllenlärm. Ryder Hook ließ das alles gelassen über sich ergehen und schlenderte ruhig zum nächsten Taxi-Standplatz.

In der Moben-Mission sagte Rosa: »Sig, das Parfum ist herrlich. Vielen Dank. Aber . . . du bist lange ausgeblieben, länger, als du eigentlich wolltest, und wir ersticken in Arbeit.«

»Ja, ich weiß«, entgegnete Hook. »Ich wurde aufgehalten.«

10. Kapitel

»Wie ärgerlich«, sagte Manfrid, dem man ansah, wie sauer er war. »Nach Shyle gibt es keine Top-Star-Überfahrt.«

»Du kannst doch erster Klasse reisen, Manfrid«, sagte Rosa mit der Andeutung eines Lächelns. »Das ist recht komfortabel, wie du selbst weißt.«

»Da bin ich nicht so sicher. Ich reise immer Top-Star.«

Hook hörte das mit großer Belustigung. Der kleine Riß in Manfrids schimmerndem Tugendpanzer faszinierte ihn geradezu. Gewiß, es war eine belanglose Schrulle. Und doch sagte sie etwas über Manfrid aus. Er verwendete sein Geld großzügig für den Unterhalt der Moben-Mission. Er knauserte dabei nicht, und der Umfang seiner Tätigkeit ging klar aus der Sparsamkeit hervor, mit der die Gelder eingesetzt wurden. Geld durfte auf den Missionstationen nicht für Unnützes ausgegeben werden, damit man möglichst vielen helfen konnte.

Und doch hatte dieser Wohltäter die Angewohnheit, stets Top-Star zu reisen.

Na ja, was soll's, sagte Hook sich, wir wollen ihm diesen kleinen Luxus gönnen.

Er selbst war sehr froh, daß er nicht »hart« reisen mußte. Davon hatte er nämlich die Nase voll.

Das Sternschiff Fornavus, mit dem er gekommen war, stellte jedoch nicht die niedrigste Stufe der an sich niedrigen Stufe des »Hartreisens« dar. Er hatte immerhin sein eigenes Abteil gehabt. Reichte das Geld nicht einmal dazu, dann blieb einem nichts übrig, als unter grauenvollen Bedingungen »hart« in der Masse zu reisen. Die Passagiere wurden einfach in einen großen Frachtraum gepfercht und mußten sich einen Winkel suchen, in dem sie sich ausstrecken konnten — sie konnten von Glück reden, wenn sie einen fanden. Manche hockten einfach da. Und dann wurde die ganze Masse für die Überfahrt eingefroren.

Pfui Teufel!

Unnötig festzustellen, daß die Sterblichkeitsrate bei »Massenhart« beträchtlich höher lag . . .

Manfrid erklärte, daß er die Waffen persönlich aussuchen wollte, mit der der Voraustrupp ausgerüstet werden sollte. Insgesamt hatte er für das Mitnehmen von Waffen nicht viel übrig, fand sich aber als unumgänglich damit ab. Hook begnügte sich mit dem Rat, er solle nur das Beste kaufen. Die Waffen würden bis zu ihrem Abflug von den Behörden unter Verschluß gehalten werden.

Die übrige Ausrüstung ging säuberlich verpackt, etikettiert und katalogisiert zum Raumflughafen. Manfrid beklagte sich weiter darüber, daß er erste Klasse reisen mußte, obwohl der Komfortstandard des Schiffes untadelig war. Kabinen, Aufenthaltsräume, Salon alles wirklich erstklassig. Bei seiner letzten — und zugleich ersten — Überfahrt nach Shyle war Hook »Star-Hart« gereist.

Star-Hart-Schiffe waren Schiffe, die nur diesen Service anboten. Top Star bot auch Top Star-Service. Hier auf dem Sternschiff Sedlizz gab es erste, zweite und dritte. Eine »harte« Klasse gab es nicht.

Hook rechnete damit, daß er und Velwig dritter Klasse fahren würden. Aber Manfrid schnalzte nur leise mit der Zunge und sagte: »Was ich einspare, wenn ich nicht Top Star fahre, ist mehr als genug, um euch erster Klasse reisen zu lassen.«

Er nahm sich eine Grand-de-Luxe-Kabine, in der alles geboten wurde, was auf einer Fahrt zwischen den Sternen eventuell gebraucht wurde. Rosa freute sich über ihre Superior-Kabine, und Hook und Velwig teilten sich eine desselben Typs. Rosas Kabine war eine Einzelkabine, was ganz in Ordnung war. Für das Privileg, seine Kabine für sich allein zu haben, mußte Manfrid für zwei Personen zahlen. Ihm kam das immer noch sehr günstig vor, und er hörte auch nicht auf, den Freuden eines Top-Star-Schiffes nachzutrauern.

Da er in Gesellschaft reiste, gestaltete sich bei Hook die Reise diesmal ganz anders. Da ihm Iola Gervase so tief ins Bewußtsein gedrungen war, hatte er weder Zeit noch Lust, eine Bordromanze anzufangen.

Er war viel mit Velwig, Rosa und Manfrid zusammen, spielte Karten mit ihnen, plauderte mit anderen Passagieren und benahm sich bewußt sehr unauffällig. In der ersten Klasse gab es sicher nur wenige Passagiere, die darauf aus waren, das Geheimnis des Vilgen-Nachschubs zu lüften. In dieser Klasse reisten Passagiere, die ihren Reichtum den Bedürfnissen anderer verdankten, und herbeischafften, was verlangt wurde. Ein Riffianer vertraute Hook an, er wüßte genau, woher das Vilgen käme, und er würde sehr bald viel reicher wiederkehren.

Hook ließ ihm seine Illusionen.

Unten in der zweiten und dritten war der Prozentsatz derer, die glaubten, das große Geheimnis zu kennen, viel größer.

Manfrid machte kein Hehl aus seinen Absichten auf Shyle. Hook hatte aber den Eindruck, daß ihm nur wenige glaubten.

»Sie begreifen es nicht, Sig«, sagte Manfrid bekümmert.

»Sie verbringen ihr ganzes Leben damit, andere zu linken. Ihnen fehlt es an jeglichem Mitgefühl.«

»In diesem Punkt haben Sie wohl recht, Manfrid.«

»Das Merkwürdige daran ist nur, mein lieber Sig, daß Sie trotzt Ihrer unbezweifelbaren Härte und Rücksichtslosigkeit — ja, ja mein Lieber, ich habe mir eine eigene Meinung über Ihren wahren Charakter gebildet —, daß Sie so viel Mitgefühl haben, daß es für alle unsere Mitpassagiere reichen würde.«

Hook fand es ratsam, darauf nicht zu antworten. Er wußte selbst, daß er reifer und milder geworden war, seitdem er auf Iola Gervase und ihr verheerendes Geheimnis gestoßen war.

Das bedeutete aber nicht, daß er nicht jeden Novamann getötet hätte, ehe dieser ihn erschoß.

Irgendwie war er enttäuscht, daß er die erregenden Schwingungen nicht gespürt hatte, die ihm die Nähe eines Projektmannes meldeten.

Er selbst war nur zur Hälfte Projektmann, und wußte

verdammt gut, daß er sich danach sehnte, ein vollkommener Projektmann zu sein. Die Kraft, die bei einem Umwandlungsprozeß übertragen wurde, zerstörte jeden Funken der einem normalen Menschen innewohnenden Moral. Hook war noch nie einem anständigen Novamenschen, männlich oder weiblich, begegnet. Wurde er nun selbst ein Nova-Mann, dann würde auch er dieser Regel unterworfen und zu einem bösartigen Ungeheuer in der Galaxis werden.

Dennoch sehnte er sich nach dem dynamischen Zustand eines Projektmannes mehr als ein ausgetrockneter und dem Tode geweihter Mensch in der Wüste nach Wasser.

Er hatte nur seine Zweifel, ober er es auf dieser Stufe des Bösen aushalten konnte. Er würde den verdammten Nova-Mann töten, ehe dieser ihn tötete, wenn er seine wahre Identität entdeckte. Aber damit würde Hook es bewenden lassen.

Eines schönen Schifftages saß Hook bei einem Glas Orangenbier in der Lounge und begutachtete mit flüchtigem Interesse ein fülliges Mädchen, das durch ihr locker gewebtes Kleidermaterial ungebührlich viel ihrer Anatomie preisgab. Ein ihr gegenüber sitzender Krif-Mann rümpfte die Nase und ließ, wie es die Art der Krifs ist, ein paar grobe wenn auch berechtigte Bemerkungen fallen. Er und Hook kamen zwanglos ins Gespräch.

»Meine Frau wurde schier wahnsinnig«, vertraute ihm der Krif-Mann an. » Aber dann ließ ich mir gegen das Schnarchen eine Snorektomie verpassen, und seither schlafe ich blendend, und meine Frau kann mit mir den Raum teilen.«

»Auch wir Homo saps leiden unter Schnarchen, bis wir uns zu dem Eingriff entschließen«, sagte Hook.

Der Krif-Mann, der sich unter dem Namen Turfan vorstellte, leitete die Verkaufsabteilung seiner Wirtschaftsorganisation. Seine spezielle Aufgabe war der Ein- und Verkauf von Softdrinks. Er war sehr stolz auf das, was er erreicht hatte.

»Die neuentdeckten Planeten sollen für den guten alten Fizz gewonnen werden. Die dummen Gonils sind eben erst dahintergekommen, daß sie nicht die einzigen menschlichen Wesen in der Galaxis sind. Nun sehen sie die Großen und Mächtigen der anderen Sterne, die alle den guten alten Fizz trinken — und wollen prompt dasselbe. Für sie eine Prestigeangelegenheit, um Eindruck zu schinden und großzutun.«

»Ja«, sagte Hook. »Hab' schon davon gehört.«

»Die arbeiten verdammt hart und züchten, schürfen oder produzieren Zeug, das sie exportieren können, um dann den guten alten Fizz kaufen zu können.«

Eine winzige, in grünes Fell gehüllte Frau beugte sich vor, stellte das Glas Pomander hin und sagte: »Aber dann verhungern sie, Taynor, denn sie bauen nicht genug Nahrung für sich selbst an.«

Die Handbewegung des stämmigen Krif-Mannes, an dessen Fingern etliche Ringe prangten, sollte ausdrücken, daß ihn das keinen Deut kümmerte. »Das ist ihre eigene Sache. Für die Wirtschaftsorganisation bedeutet es Profit. Und darum geht es uns vor allem.«

Am anderen Ende des Saloons fing eine Schlägerei an, obwohl es sich um die erste Klasse des Schiffes handelte. Zum Glück ging es ohne Waffen und ohne Tote ab. Zwei Männer wurden fortgeschafft, der eine mit gebrochenem Schwanz, der andere mit eingerissenem Tentakel.

Es war auf dieser Überfahrt nach Shyle, daß Hook die Geschichte von den Fliesen hörte.

Die Geschichte erzeugte bei allen, die sie zum erstenmal hörten, unbändiges Gelächter. Irgendwo draußen an der Grenze zwischen den bekannten Teilen der Galaxis und den unendlichen Tiefen jenseits davon gründeten Pioniere auf einer neuen, ziemlich kalten Welt eine Stadt und brachten in dieser Umgebung die Errungenschaften der Zivilisation zu einer gewissen Blüte. Eines Tages machte ein Spähtrupp einer bislang unbekannten Rasse, die aus großer Entfernung kam, eine unvorhergesehene Notlandung auf diesem Planeten. Sie gingen ein Stück außerhalb des Städtchens ohne Zwischenfall nieder.

Zufällig befanden sich die Stadtbewohner geschlossen auf einer Versammlung auswärts, auf der es um städtische Belange ging, um Verwaltung und Steuern und dergleichen. So kam es, daß die Fremdartigen eine verlassene Stadt betraten.

Sie kamen von einer viel wärmeren Welt und froren auf diesem Planeten so sehr, daß sie Gefahr liefen, umzukommen, wenn sie keinen Unterschlupf fanden.

»Und deswegen machten sie es sich in den Häusern gemütlich, bis die Eigentümer wiederkamen«, lautete die Vermutung, die meist an dieser Stelle kam.

»Nein, nicht ganz«, war darauf die Antwort. »Sie gingen in ein Haus hinein, die Treppen hoch, und fingen dann an, sämtliche Fliesen von den Badezimmerwänden herunterzureißen.«

»*Was* haben sie?«

»Sie haben richtig gehört. Als die Besitzer nach Hause kamen, fanden sie vor ihren Häusern ihre Badezimmerfliesen fein säuberlich gestapelt vor.«

»Warum?«

An dieser Stelle pflegte der Erzähler in einer Geste der Hilflosigkeit seine Hände, Tentakel oder Greifer auszubreiten und zu lächeln und dann nach seiner Nase oder dem nächst passenden Teil seiner Physiognomie zu fassen und zu sagen:

»Warum? Das müssen Sie die fragen.«

Hook fand die Vorstellung umwerfend. Fremde aus dem All landen auf deiner Welt, gehen in dein Haus, reißen die Fliesen von den Badezimmerwänden und stapeln sie vor dem Haus auf. Ja, eine Vorstellung, die seine Phantasie mächtig anregte . . .

Shyle kreiste im Orbit um einen Stern vom Typ F mit Namen Jarhed. Das Gebiet des Kontinents, auf dem Stadt und Raumflughafen lagen, war tagsüber heiß und in der Nacht kalt. Draußen im Ödland war es ebenso schlimm. Das Sternschiff Sedlizz durchraste die Sternenfelder, und schließlich kam der Zeitpunkt der Landung.

Als Hook aus der Luftschleuse ins Freie trat, stellte sich bei ihm kein Gefühl eines »déjà vu« ein, denn das Durcheinander auf dem Flughafen, vertraute Routine, war auf allen Welten gleich. Seine Mundwinkel zogen sich unmerklich nach unten, als er sah, wie die Ausrüstung von Robotern aus dem Frachtraum geholt wurde. Da gab es Schürfroboter, Schaufel- und Grabgeräte, jede Menge Zeug, um damit ins Ödland zu ziehen und riesige Mengen des Männlichkeits-Gens heranzuschaffen.

Die Besitzer dieser teuren Ausrüstungsgegenstände zogen hinter ihren Sachen daher wie stolze Eltern. Bald würden sie entdecken müssen, daß sie gutes Geld für falsche Informationen gezahlt hatten. Zu gern hätte Hook gewußt, wie viele von ihnen ihr Hab und Gut verkauft hatten, um hierherzukommen. Nun ja, für etliche von ihnen würde die Moben-Mission bald eine Zweigstelle aufmachen und sie aus ihrem Elend erretten.

Der Krif-Mann namens Turfan empfahl sich, um seine ruchlose Tätigkeit für die Wirtschaftsorganisation wieder aufzunehmen.

Manfrid sog tief und prüfend die Luft ein. »Nicht schlecht«, sagte er. »Jetzt nichts wie in die Stadt. Wir müssen geeignete Räumlichkeiten finden. Sobald wir eine Basis haben, können wir mit den Ermittlungen beginnen.«

Sie brachten die Zollformalitäten hinter sich, wobei Hook sich wegen der gewohnt schlechten Manieren und den Unverschämtheiten der Beamten zwingen mußte, ruhig Blut zu bewahren.

Sie mieteten ein Antigrav-Fahrzeug mit durchsichtiger Kuppel. Der Fahrer kaute ständig Stim-Gummi und blinzelte, doch er sorgte dafür, daß ihre Sachen ordentlich verladen wurden und fuhr dann mit halsbrecherischem Tempo in Richtung Stadt.

»Seht mal, all die Leute, die glauben . . .«, setzte Rosa Mikkola an.

»Sie werden es nicht schaffen, diese Leute von ihrer Meinung abzubringen, Doktor«, sagte Velwig. »Das weiß ich.«

Seit Hooks letztem Hiersein hatte es in der Stadt große Veränderungen gegeben. Das groteske Gemisch aus Ultramodernem und Verfall rief jedoch noch immer Gefühle hervor, die zwischen Belustigung, Unbehagen und Mißtrauen schwankte.

Die Shyloa, die angeblich Eingeborene dieses Planeten waren, blieben unsichtbar. Sie arbeiten mit Hilfe von Untergebenen, gaben ihre Anordnungen durch Vertrauensleute bekannt und ließen diese auch für die Einhaltung der Gesetze sorgen. Wenn Menschen unbedingt auf diesen Planeten wollten, dann war es ihre Sache. Die

Shyloa fühlten sich für sie und ihr Wohlergehen nicht verantwortlich. Verhungerten sie, dann hatten sie eben Pech gehabt.

So kam es, daß die großen Hotels vielstöckig in die Luft aufragten und von Menschen bewohnt und geleitet wurden, die es geschafft hatten, während die elenden Hütten, die im Schlamm versanken, von Pechvögeln bevölkert wurden.

Das Männlichkeits-Gen oder Vilgen war tatsächlich auf Shyle zu haben. Man mußte mit den Shyloa Kontakt aufnehmen und sich mit ihnen treffen — zu einem Zeitpunkt und an einem Ort ihrer Wahl, meist auf einem sogenannten Treff. Und dann hieß es kräftig bezahlen. Den Shyloa war es einerlei, mit wem sie es zu tun hatten, solange genug Geld für Vilgen da war. Es konnte nicht ausbleiben, daß die Leute, die mit den Agenten der Shyloa erfolgreich ins Geschäft gekommen waren, diese Information für sich behielten. Hook vermutete, daß bei diesen Begegnungen immer dieselben Gesichter auftauchten.

Das paßte wunderbar in sein Konzept.

Er wollte Zeitpunkt und Ort der nächsten Verkaufsverhandlung herausbekommen, dort aufkreuzen, und falls Iola Gervase selbst nicht dort war, würde dort sehr wahrscheinlich ein Nova-Mann sein, der ihm sagen konnte, was er wissen wollte — dafür würde er sorgen!

Manfrid mietete sich in seiner gewohnten lässigen Art, die unbequeme Fragen als belanglose Hindernisse abtat, in einem der besten Hotels ein.

Velwig bemerkte halblaut zu Hook: »Tut ganz schön erhaben, der Taynor.«

»Er hat es schließlich. Und er versucht, andere an seinem Vermögen teilhaben zu lassen.«

»Ja, ja, gewiß«, beeilte Velwig sich zu sagen. Ihm war der häßliche Ton der Zurechtweisung in Hooks Stimme nicht entgangen.

Rosa stand sichtlich noch unter dem Eindruck des Anblicks, den die Unglücklichen entlang der Straße vom Flughafen in die Stadt geboten hatten.

»Wir müssen sobald wie möglich beginnen«, erklärte sie mit Nachdruck.

»Morgen werde ich mich gleich als erstes mit den Behörden in Verbindung setzen.« Manfrid schob seine Stirnlocke mit einer Bewegung zurück, die Entschlossenheit verkünden sollte, die aber nur Müdigkeit erkennen ließ, wie Hook bemerkte. »Gleich als erstes.«

Wieder teilten Velwig und Hook ein Zimmer.

Hook warf seinen Sack aufs Bett und dachte laut an einen Durstlöscher. Velwig kratzte lächelnd sein Stoppelkinn.

»Wie wär's mit einem Erkundungsgang in die Bar?«

»Gern. Ich komme nach.«

Velwig ging fröhlich pfeifend hinaus, während Hook seinen Sack öffnete.

Die starken Schwingungen trafen ihn so plötzlich und so heftig, daß sie sein ganzes Ich erfaßten.

Atemlos schnellte er hoch.

Er bebte. Er zitterte. Schweiß brach aus allen Poren.

Irgendwo ganz in der Nähe war ein Projektmann angekommen, einer mit überwältigender Kraft.

In seinen Sinnen hämmerte das Bewußtsein dieser Kraft, die jetzt auch in sein Gehirn und in seinen Körper eingeströmt war. Er war kein Supermensch. Doch er war übermenschlich, ausgestattet mit kolossalen Gaben. Sein Gehirn schien in Flammen zu stehen. Er spürte die kleinsten Einzelheiten seiner Umgebung und konnte Berechnungen schneller anstellen als ein Computer der Spitzenklasse, er konnte abschätzen, regeln, folgern, rechnen. Er stand mitten im Raum, den Reißverschluß des Sackes noch zwischen den Fingern.

Die Kraft des Nova-Manns war sehr stark. Hook konnte Richtung und Intensität spüren. Er schwang auf derselben Welle wie der Projektmann, ähnlich zwei aufeinander abgestimmten Kristallen, die sich in der richtigen Distanz voneinander befinden und aufeinander reagieren.

Rätselhaft war nur die verheerende Plötzlichkeit. Normalerweise war es so, daß er bei der Annäherung an einen Nova-Mann spürte, wie sich bei ihm eine gewisse Erregung bemerkbar machte, wenn der Energiestrom prickelnd zu fließen begann.

Diesmal aber war er der simple Ryder Hook, der galaktische Einzelgänger gewesen, und einen Herzschlag später war er Ryder Hook, der Projektmann.

Er lechzte nach der Kraft, die ihm dieser Status verlieh, und erkannte gleichzeitig das Böse darin. Und doch konnte er diesen tödlichen Hunger in sich nicht dämpfen. Er konnte nur hinnehmen, was passierte.

Wie ein Drogensüchtiger stürzte er zur Tür.

Noch ehe seine Hand die Klinke erreichte, hatte er ein Gefühl, als würde er in eisiges Wasser geworfen, in Blei gehüllt und dann in einen Sarg gesteckt. Er hatte das Gefühl, ersticken zu müssen. Gefühllosigkeit ergriff von seinem ganzen Körper Besitz.

Der Projektmann war mit derselben unheimlichen Geschwindigkeit verschwunden, mit der er gekommen war.

Hook war wieder ein ganz normaler Homo sap.

11. Kapitel

Die ganz eigene Grenzstadtatmosphäre der Stadt fand ihren sinnfälligsten Ausdruck in dem als Rifter Alley bekannten Amüsierviertel. Hier konnte man mit Geld alles kaufen, wonach es einen Mann oder eine Frau gelüstete. Hier gingen die ganze Nacht über die Lichter nie aus. Und Tag und Nacht ließen Lärm und Musik nicht nach. An Schlaf dachte in der Rifter Alley kein Mensch.

Manfrid zeigte an diesem Viertel nicht einmal andeutungsweise Interesse.

Rosa Mikkola behielt ihre Meinung für sich.

Velwig aber konnte es kaum erwarten hinzukommen und die verschiedenen Verlockungen auszukosten.

Nach dem Dinner im Hotel hatte Hook die ehrliche Absicht gehabt, sich ins Bett zurückzuziehen.

Doch das Erlebnis mit dem Projektmann, dieser Schock, den die plötzliche Übertragung und der Entzug der gewaltigen Kräfte dargestellt hatte, wühlten ihn auf. Er konnte keine Ruhe finden.

»Kommen Sie mit, Sig?« fragte Velwig. Hook gefiel sein neuer Name, und er hatte keine Schwierigkeit, darauf zu reagieren, wenn er so gerufen wurde.

»Weiß nicht, Velwig . . .«

»Ach, kommen Sie, Manfrid fände nichts dabei.«

»Gehen Sie ruhig, Sig«, bestätigte Manfrid Velwigs Behauptung. Er gähnte. »Morgen habe ich einen anstrengenden Tag, und Rosa ebenfalls. Aber Sie werden hier nur herumhängen und nichts zu tun haben . . .«

». . . außer, Ihnen ungute Typen vom Leib zu halten, Taynor Manfrid«, unterbrach Velwig, der es vor Ungeduld kaum erwarten konnte.

»Ach ja«, meinte Manfrid lächelnd.

Nur weil seine Nerven in Aufruhr geraten waren, ging Hook also mit Velwig in die Rifter Alley.

Zu diesem Zeitpunkt hatte er kaum mehr Metallgeld, das er verlieren oder das man ihm klauen konnte.

Noch auf Puldin hatte Manfrid für Velwig eine Tonota Achtzig gekauft. Martian Megas waren nicht aufzutreiben gewesen. Jetzt trug Velwig stolz seine Waffe in einem brandneuen Plastiklederholster in greulichem Knallorange. Er war sich sehr bewußt, daß er eine Waffe bei sich trug. Auf Shyle waren Waffengesetze natürlich unbekannt. Als Freie Welt mit großen Zukunftsaussichten und als momentan Offene Welt war der Planet Belastungen unterworfen, die erforderten, daß jeder imstande sein mußte, sich zu verteidigen.

Um nicht unangenehm aufzufallen, nahm Hook die Tonota Achtzig, die er dem Drachenmädchen abgenommen hatte. Seine eigene Martian Mega, eine Waffe, an die er glaubte, lag sicher verstaut in seinem Hotelzimmer. Die Disgel-Waffe am linken Handgelenk, ein Modell, dessen Namen er nicht kannte, war voll geladen. In der Tasche trug er Reservemagazine. Manfrid hatte sich nicht knausrig gezeigt, als Hook ihm die Waffeneinkaufsliste gegeben hatte.

In der Rifter Alley war der Teufel los.

Lichter, Lärm, Bewegung, Gerüche, das alles wirkte ungemein aufregend auf diejenigen, die sich von dem Anblick und den Geräuschen erregen ließen. Detonationen, das Zischen und Knattern von Energiewaffenschüssen, Schreie, Gestöhne — das alles bereicherte das Nachtleben mit einer ernsteren Note.

»Sehen Sie doch!« rief Velwig, der aufgeregt auf dem Sitz des Taxis nach vorne gerutscht war. In seinen Augen spiegelten sich die grellen, vielfarbigen Lichter wider.

»Sicher sieht jetzt für Sie alles anders aus als seinerzeit in dem Barackenlager an der Raumflughafen-Straße.«

»Und ob! Erinnern Sie mich bloß nicht daran!«

Sie stiegen aus und bezahlten mit Metallgeld. Hier waren Kreditkarten ungewöhnlich selten — eine Ausnahme angesichts der wirtschaftlichen Abkommen innerhalb des Sternenwirbels.

Die einzige Ausnahme von der Regel lag in dem System, das die Shyloa vor kurzem eingeführt hatten. In ihrer durchaus übertrefflichen Weisheit, wie verstimmte Klienten boshaft behaupteten, hatten die Shyloa ein System eingeführt, das gestattete, Metallgeld auf der Shyle-Bank zu deponieren. Dafür bekam man eine sehr sonderbare, tragbare Kreditkarte uralten Typs, die man in der Tasche aufbewahren konnte — im Gegensatz zu den neurologisch implantierten Karten am Handgelenk. Bezahlte man etwas, dann mußte der Verkäufer die Kreditwürdigkeit bei der Bank von Shyle überprüfen, wofür es eigener Kontrolleinrichtungen bedurfte. Das alles dauerte eine kleine Ewigkeit. Im Vergleich mit der lichtschnellen Reaktionen einer gewöhnlich implantierten Kreditkarte war dieses Verfahren von lächerlicher Langsamkeit.

Manfrid hatte Einspruch gegen Velwigs spontanen Vorschlag eingelegt, ihm eine Shyle-Kredikarte zu geben und das Gehalt auf die Shyle-Bank überweisen zu lassen.

»Zu gefährlich, Velwig, viel zu gefährlich.«

»Ach?«

»Ja, natürlich. Ich wußte, Sie würden es verstehen.«

An diesem Punkt war Manfrid klugerweise verschwunden. Hook war noch das Lächeln um seine Lippen aufgefallen.

Es war sonnenklar, daß Velwig nicht das geringste Verständnis hatte und nicht begriff, warum es zu gefährlich war.

Und jetzt schlenderten sie inmitten der drängenden und lärmenden Menge den Gehsteig entlang.

»Das hier ist etwas für arme Schweine«, sagte Velwig plötzlich. Er blieb stehen und starrte Hook an. »Sehen Sie sich die Typen an.«

Hook merkte, daß das Taxi sie am billigen Ende der Vergnügungsmeile abgesetzt hatte.

Hier betrug der Eintrittspreis in eines der Etablissements ein Zehntel dessen, was auf halbem Weg verlangt wurde, und ein Hundertstel der Preise am Anfang der Rifter Alley. Hook, dessen Unruhe sich noch nicht gelegt hatte, war nicht in der Stimmung, seine Antwort besonders abzuwägen.

»Der Taxiroboter hat uns ganz richtig eingeschätzt, Velwig.«

»Wenn Sie von sich auf andere schließen, Sig . . . «

Zweifellos hatte Manfrids Obhut Velwig kräftig Auftrieb gegeben. Er war erfüllt von seiner eigenen Wichtigkeit und wirkte richtig aufgeblüht.

Noch ehe ein Streit den Abend stören konnte, zwang Hook die Andeutung eines Lächelns in seine Visage und fuhr fort, die Alley entlangzuschlendern. Dabei sah er sich die grellen Fassaden, die Ausrufer und die vielfarbigen Lichteffekte genauer an. Das Getöse um ihn herum tobte unvermindert weiter. Velwig folgte ihm nach kurzem Zögern.

»Wir suchen jetzt ein Lokal, das Ihnen zusagt, Velwig«, schlug Hook versöhnlich vor.

»Wunderbar.«

Hook war an Frauen, Drogen, Alkohol und den anderen hier feilgebotenen Attraktionen nicht interessiert. Einige Sportarenen boten orginell gepaarte Kämpfe. Auch daran lag ihm nicht. Wenn er schon hier war, wollte er feststellen, was ein wenig Fingerfertigkeit mit den magischen Rechtecken an Wundern vollbringen konnte.

Er besaß gerade so viel Metallgeld, daß er sich ein paar Eintrittstickets leisten konnte. Gewann er, dann konnte er Etablissements aufsuchen, bei denen mehr zu holen war. Verlor er, nun, dann würde er zurück ins Hotel gehen und sich als ärmerer und keineswegs weiserer Mann aufs Ohr legen.

»Das ist genau richtig!« erklärte Velwig, der abrupt stehengeblieben war.

Das Lokal warb mit Leuchtröhren in den Umrissen von Männern und Frauen verschiedenster Rassen und Ursprünge.

»Nur zu«, meinte Hook. »Wenn wir uns nicht vorher wiedersehen, dann sicher im Hotel.«

Aber Velwig lief schon über die Straße und blieb ihm die Antwort schuldig.

Zwei Etablissements weiter war ein Spielcasino, das Hook zusagte. Der Eintritt fraß ein Viertel seines Mini-Budgets. Diese Eintrittspreise sollten den Pöbel draußen halten.

Die Atmosphäre im Inneren erinnerte an eine Mischung aus Metzgerei und Kathedrale. Jeder Tisch stand in einem Lichtkreis. Croupiers und Geber — natürlich Roboter — hatten es mit kleinen Grüppchen von Spielern zu tun. Hook ließ Würfelspiel, Roulette, Faro und anderes unbeachtet und steuerte die Kartentische an. Er verfolgte kurz die Partien.

Eine komische Art, seinem Vergnügen nachzugehen, ging es ihm durch den Kopf.

Auf ein einladendes Nicken des Roboters hin ließ er sich an einem Tisch nieder, spielte zwei Runden und ging dann zum nächsten Tisch, wo er wieder zwei Partien gewann. Hier wurde mit runden Karten gepielt, so daß sich bei ihm flüchtig Sehnsucht nach Shaeel regte. Dabei begann in seinem Kopf ein Plan Gestalt anzunehmen, ein ganz simpler Plan eigentlich, ein Plan, der nur erforderte, daß er genug Geld beim Spiel gewann, um sich bei einem der offiziellen Treffs in ein Vilgen-Geschäft einzukaufen.

Es konnte nicht ausbleiben, daß er am dritten Tisch seinen gesamten Gewinn verspielte. Dies veranlaßte Hook zu einem ernsten Stirnrunzeln. Er mochte es nicht, wenn ein Plan nicht klappen wollte.

Bei der nächsten Partie gewann er, ebenso bei der übernächsten. Höchste Zeit für einen Tapetenwechsel, entschied er.

Draußen war die Situation unverändert. In dem lärmigen Menschengewimmel war von Velwig keine Spur zu sehen. Vermutlich hatte der noch nicht genug. Hook ging weiter, auf den kostspieligeren Bereich der Rifter Alley zu.

Eben als er wieder ein Spielcasino betreten wollte, spürte er entfernt das wohlbekannte erregende Vibrieren. Er blieb wie angewurzelt stehen. Diesmal war es anders. Ja, seine eigene Reaktion auf die Nähe des Projektmannes war anders. Diesmal war alles normaler — falls man einen Kontakt mit einem Nova-Mann normal nennen konnte. Er hatte das Gefühl, als würde in seinem Schädel das Universum explodieren. Das Blut pulsierte wild in seinem Körper, sein Gehirn stand in Flammen, er konnte auf unglaubliche Entfernung die winzigsten Details erkennen. Der Nova-Mann war ziemlich weit entfernt, Hook konnte die Richtung spüren. Wenn dieser Bastard jetzt die Rifter Alley herunterkäme, konnte es passieren, daß er ihn, Hook, von der Bildfläche pustete . . .

Ohne zu zögern ging Hook zur Höchstgeschwindigkeit über. Um ihn herum schien alles zu erstarren. Die Menschen schienen in einem Zeitstau festgehalten. Er raste die Straße entlang, bedacht, seine Geschwindigkeit nicht so zu steigern, daß seine Kleider in Brand gerieten. Seine eigene Haut wurde durch den Verwandlungsvorgang geschützt; doch wollte er seine Kleider noch behalten. Er sauste in das Foyer eines sündteuren Spielcasinos, hielt nur inne, um ein Eintrittsticket zu kaufen, und jagte dann in die Spielhalle, in der Menschen wie erfroren in grotesken Stellungen standen und saßen. Hinter einer kunstvollen Kristallsäule, die einen aus Metallbändern geflochtenen Korb stützte, der mit schönen, nur mit Blumen bekleideten Mädchen gefüllt war, kam er aus der Höchstgeschwindigkeit wieder hervor. Die Mädchen im Korb gehörten hier drinnen zur Dekoration, wie er mit einem Blick feststellte.

Er schlenderte gemächlich zu einem Tisch, auf dessen grüner Plastikbespannung die Rechtecke ständig in Bewegung waren. Der Roboter gab ihm mit einem Nicken zu verstehen, daß er mitspielen konnte, und er stieg ein, nahm seine Karten entgegen, ging zur Höchstgeschwindigkeit über und ordnete sämtliche Karten so an, wie es für ihn günstig war. Als er seinen Platz wieder einnahm und in die Normalzeit zurückfiel, hatte er gewonnen.

Der Roboter zahlte aus. Hier verwendete man natürlich Metallgeld. Es folgten drei weitere Runden, bei denen er jeweils die Karten umarrangierte und Gewinne einheimsen konnte. Er erntete ein paar Blicke, aus denen Verwunderung, Neid und Bewunderung sprachen. Hook stand auf und ging an die Roulettetische. Der Croupier-Roboter bedeutete ihm, Platz zu nehmen. Jetzt mußte Hook alles so dirigieren, daß er die nötige Summe auf umsichtige Weise gewann. Die Schwingungen des Projektmannes verliehen ihm immer noch die ans Wunderbare grenzenden Kräfte eine Nova-Mannes — er mußte sich ins Gedächtnis rufen, daß er kein Übermensch war.

Nachdem er auf die Nummer dreiundzwanzig gesetzt hatte, wechselte er wieder zur Höchstgeschwindigkeit, und zwar genau in dem Moment, als das Rad sich schon langsamer drehte und die Kugel ihre irren, klickernden Pirouetten um die Nummern drehte. Im letzten Moment schubste er die Kugel auf dreiundzwanzig, vergewisserte sich noch, ob das Ding auch wirklich festsaß, nahm seinen Sitz wieder ein und ging in Normalzeit über.

»Dreiundzwanzig!«

Hook setzte seinen gesamten Gewinn wieder auf dreiundzwanzig. Natürlich hätte er zur Kasse wandern und sich mit dem Geld empfehlen können. Aber das wäre Diebstahl gewesen, und Hook verachtete diese Holzhammermethode. Nein, jetzt brachte er das Casino dazu, ihn auszubezahlen. Für dir Rechtfertigung, daß er es ihnen quasi heimzahlte für sämtliche manipulierten Zahlenräder und falschen Spiele und das Riesenvermögen, das sie leichtgläubigen Opfern abgenommen hatten, war er nicht zu haben. Dennoch war er überzeugt, daß seine Vorgangsweise einen gesunden Ausgleich schuf.

Er sorgte dafür, daß er noch einen hübschen Betrag gewann, und ging, ehe die Situation unangenehm wurde. Gewann er zu häufig und zu hoch, dann würde die Casinoleitung beginnen, sich für ihn zu interessieren.

Entlang der Vergnügungsmeile wiederholte er seinen Auftritt mehrfach und ließ immer nur so viel mitgehen, daß sich bei den jeweiligen Aufsichtspersonen und leitenden Angestellten kein Argwohn regte. Er hatte das noble Ende der Straße fast erreicht und gab seine Vorstellung nun in einem Etablissement, das viel luxuriöser, vornehmer und kostspieliger war als die vorhergehenden.

Hinter einer Kristallwand bot ein Null-g-Ballett frei in der Luft schwebend einen höchst graziösen Tanz dar. Luftige Tücher schwangen anmutig, nackte Glieder schimmerten. Hook bekam Lust auf einen kleinen Drink. Auf sein Winken kam ein Robot-Kellner mit einem Orange-Bier dahergerollt. Hook warf das Metallgeld in den Schlitz des Roboters, und der Blechmann tönte: »Danke, Sir, für Ihre geehrte Bestellung. Bitte, nehmen Sie mich jederzeit wieder in Anspruch.«

»Sicher, mach' ich. Danke, Blechmann.«

Mit dem Drink in der Hand drang Hook tiefer in den Palast der Spielwonnen ein. Das sichere Gefühl um die Schwingungen, die ihn durchpulsten, und das Wissen, daß der Projektmann noch immer da war, verlieh ihm Sicherheit und faszinierte ihn. Er ließ sich an einem Tisch nieder. Hier wollte er zum letzten Schlag ausholen, nahm er sich vor. Er gewann dreimal hintereinander.

Eine rasche Kopfrechnung — im Gehirn eines Nova-Mannes unvorstellbar rasch — zeigte ihm an, wieviel er insgesamt gewonnen hatte. Noch ein Spiel, und er hatte genügend Kapital, um sich an den Vilgen-Käufen beteiligen zu können. Er setzte und ging zur Höchstgeschwindigkeit über.

Obwohl er gern bei Nummer dreiundzwanzig geblieben wäre, folgte er dem Diktat der Vorsicht und wechselte auf die Neunzehn. Eine große Frau mit Dreifachkinn, wenig Stirn und einer Perücke, die ständig die Neigung zeigte, übers linke Ohr zu rutschen, war eben damit beschäftigt, sich eine Zigarette anzuzünden. Dies wies sie als Idiotin aus. Hook ging an ihr vorbei, schnell genug, um seinen Plan in die Tat umzusetzen, aber nicht so schnell, daß seine Kleider geglüht hätten, und beobachtete das sich drehende Rad, das sich den letzten Runden näherte.

Die um den Tisch herum sitzenden Männer und Frauen beugten sich erregt und mit geballten Fäusten vor oder lehnten sich in gespielter Gleichmut zurück. Zwischen dem Zeitpunkt des Eintretens in die Höchstgeschwindigkeit und dem Augenblick, in dem die Kugel zu rollen aufhörte, konnte nur eine Spanne vergangen sein, die unbeschreiblich winzig war, nicht viel mehr als ein oder zwei Chronon. Für Hooks Augen blieb die Kugel mitten in der Luft hängen. Er lenkte sie auf die Neunzehn, drückte sie nieder und drehte sich um, um zu seinem Platz zurückzueilen.

Als er an der Frau mit dem Dreifachkinn vorüberkam klaffte deren Zigarettenanzünder auf und die Flamme stand reglos da. In diesem Augenblick spürte er den Schock. Der Projektmann entfernte sich!

Wenn dieser Nova-Mann so schnell verschwand wie der erste, blieb Hook am selben Fleck weit entfernt von seinem Sitz stehen, neben einer steinreichen Frau, und niemand würde seinen Augen trauen oder gar begreifen, wie er dorthin gelangt war.

Zweifellos würde ihn jemand auf der Stelle erschießen, in dem Glauben, irgendwelche technisch-naturwissenschaftlichen Tricks hätten ihm zu seinen Gewinnen verholfen . . .

12. Kapitel

Hook schnappte sich eine Zigarette aus dem Etui der albernen Person und warf sich auf seinen Sitz.

Während er krachend auf seinem Stuhl landete, spürte er, wie die Superkräfte ihn verließen. Er versetzte dem kleinen Mal auf der anderen Seite einen deftigen Stoß und mußte sich an seinem Stuhl mühsam festhalten, als der Raum um ihn herum zum Leben erwachte. Hook hatte den Eindruck, die Leute gerieten mit einem Sprung in Bewegung. Für sie hatte sich natürlich an ihrem Sekunde für Sekunde verlaufenden Marsch in die Zukunft nicht geändert.

Der Mal drehte sich aufgebracht zu ihm um.

»Ich bitte vielmals um Entschuldigung, Taynor . . .«, setzte Hook an.

Der Mal verzog das Gesicht. Er rümpfte die Nase. Und er schrie: »Hier verbrennt etwas!«

Für den Mal sah es aus, als hätte der riesige Sap an seiner Seite sich in seinem Stuhl so heftig seitwärts gebeugt, daß er ihm den Ellbogen besonders gemein in die Rippen bohrte.

»Ach, herrjeh!« sagte Hook so erstaunt und gleichzeitig erschrocken, daß an seiner Aufrichtigkeit nicht zu zweifeln war. Ein echtes Kabinettstück der Verstellung. »Meine dumme Zigarette!«

Er klopfte seine Kleidung heftig ab und warf die Zigarette auf den Boden. Mit dem Absatz eines seiner berühmten alten schwarzen Stiefel trat er das Ding auf dem Plastikbodenbelag aus. Der Boden konnte diese Art der Bestrafung fünfzig Jahre aushalten, ehe er Zeichen der Abnutzung zeigte.

»Greuliche Dinger!« schimpfte der Mal in ätzendem Ton.

Hook, der sich den restlichen Rauch aus den Kleidern klopfte, sagte nichts.

Er mußte seinem Nachbarn recht geben. Er fand es widerwärtig, daß er die Zigarette angerührt hatte, ganz zu schweigen davon, daß er sie hatte mitgehen lassen. Jetzt würde er tagelang stinken. Rosa Mikkola würde ihn naserümpfend ansehen, als wäre Hook aus einem Ausguß gekrochen.

Um Hook und den Mal herum legte sich die Aufregung, und der Croupier rief: »Neunzehn!«

Hook raffte seinen Gewinn mit ausgesteckten Armen zusammen.

Das war ganz knapp gewesen.

Der letzte verzweifelte Satz zu seinem Stuhl hin, ehe alles wieder normal wurde und er gestrandet dastand, gebrandmarkt als verdächtige Type, hatte deutlich Spuren hinterlassen. Es hatte ihn angesengt und stinkende Kleidung gekostet. Er stand hastig mit seinem Gewinn auf, ehe der Mal sich wunderte, wie eine fallengelassene Zigarette so ausgedehnte Brandflecken auf der Kleidung hinterlassen konnte.

Nachdem er seine Chips gegen Metallgeld eingetauscht hatte, konnte Hook nicht umhin, die Schnüffler zu bemerken, die überall herumhingen, ohne ihre Funktion auch nur andeutungsweise zu tarnen. Verständlich, daß dieser große Spieler und Gewinner ihr spezielles Interesse geweckt hatte.

Er schlenderte ungerührt zum Ausgang.

Dabei wählte er seinen Weg so, daß er unter einem hängenden, mit Plastiklaub durchsetzten Netz ging, das von einer Schar melodischer Roboter-Singvögel bewohnt wurde. Das Gezwitscher, das alle Tonlagen umfaßte, hörte sich sehr melodisch an. Hook ging weiter.

Zwei der Schnüffler folgten ihm. Sie steckten in dunkelgrünen Tunikas und schwarzen Hosen aus Metallgewebe. Die Sehschlitze ihrer ebenfalls aus Metallmaterial bestehenden helmähnlichen Kappen waren, obwohl geöffnet, bereit, sich sofort zu schließen.

Schoß jemand mit einer Delling auf sie — es würde sie nicht unvorbereitet treffen.

Hooks Erfahrung hatte ihn gelehrt, daß eine kostspieligere Ausrüstung meist auch die bessere war. Bei einem Metallhelm mit Gesichtsmaske hätte er nach einem Neuro-Modell gegriffen, bei dem ein Blinzeln der Lider ein Schließen der Maske bewirkte. Schoß ein Halunke seine Delling auf einen ab, dann genügte ein Augenschlag, und das Disgel rann harmlos von einem ab.

Inzwischen hatte man seine große Tonota schußbereit und konnte den Kerl zerpusten.

Umgekehrt würden die Vollstrecker mit ihren Dellings auf Hooks Gesicht zielen. Er trug weder Helm noch Maske. Er hatte auch keine Metallgewebe-Kleidung. Er würde auf der Stelle zu einem glibberigen Klumpen zerschmelzen.

Als er schon glaubte, den Vogelbau hinter sich zu haben und entkommen zu sein, tauchte vor ihm ein dritter Spürhund auf. Es war ein Krif-Mann, dessen Hand auf dem Griff der im Holster steckenden Seitenwaffe ruhte. Der Kerl sah aus, als sei ihm nur schwer beizukommen.

Das Vogelgezwitscher wurde leiser und machte einem munteren Wassergeplätscher Platz. Hook ging nun unter einem aus vielfarbigen und hochgewölbten Springbrunnenstrahlen gebildeten Bogen hindurch. Das von ihnen verursachte Geräusch hätte jedes Gespräch übertönt. Doch Hook übernatürlich ausgebildetes Gehör nahm die Stimmen der Verfolger auf.

»Galin schnappt sich den Gonil vorne an der Tür.«

»Ich lasse mir den Spaß nicht nehmen. Komm schon. Machen wir den Kerl fertig, ehe Galin ihn erwischt.«

Hooks Schritt wurde ausholender, aber nur soviel, daß er die Wasserdüsen hinter sich brachte. Die anderen Menschen, die sich hier bewegten, boten einen ständigen Hintergrund von Farbe und Bewegung. Beim ersten Schuß würde alles schreiend das Weite suchen.

Galin kam rasch näher. Er hatte gesehen, daß seine Kameraden sich beeilten, und durchschaute ihr Vorhaben. Er traf mit Hook hinter den Wasserfontänen zusammen. Hook sagte: »Könnten Sie mir sagen, wo . . .«

Er ließ seinen gekrümmten Zeigefinger auf die Stelle unterhalb von Galins Ohr schnellen. Als Galin zusammensackte, fing Hook ihn unter einer Achsel auf und schwang ihn herum. Die Rufe der zwei anderen Verfolger waren laut und deutlich zu hören.

»He, Gonil!« und »Stehenbleiben, du Schwein!«

Sie hoben den rechten Arm. Sie beabsichtigten fraglos, ihre Dellings abzuschießen und Ryder Hook in eine wabbelige Pfütze zu verwandeln und schließlich völlig verschwinden zu lassen.

Sie sahen, wie Galin zusammensackte, sahen, wie Hook ihn vor sich hielt und ihn als Schild benutzte. Sie zögerten keine Sekunde. Zeit zum Überlegen oder Entscheiden gab es nicht. Sie rissen einfach ihre Tonotas hervor und legten mit den großen und häßlichen Dingern an, gewillt, Hook in Atome zu zerstäuben.

Hook schoß als erster.

In dem Augenblick, als der Miniaturfeuerball die zwei

Verfolger traf, erst den linken, dann den rechten, ließ Hook Galin fallen und sprintete zum Ausgang. Das Geschrei und der Tumult, die ihn verfolgten, kamen nicht unerwartet und wurden schwächer, als er die Kristalltore erreichte. Er verlangsamte seine Gangart, so daß die Leute um ihn herum ihm keine Beachtung schenkten und einander fragten, warum zum Teufel dort drinnen der Lärm losgebrochen war. Aber nicht viele hatten so viel Mut, hineinzugehen und nachzusehen, wie Hook bemerkte.

»Captain Zero!«

Hook blieb stehen, drehte sich um und verzog sein Gesicht zu einem breiten Grinsen.

Der hart aussehende untersetzte Mann mit dem gebräunten Gesicht erwiderte das Lächeln. Er trug Kleidung aus metallbeschichtetem Material, jedoch von zivilem Schnitt. Der schicke kleine Hut barg sicher einen eigenen Gesichtsschutz, der auf ein Augenzwinkern hin herunterklappte.

»Colonel Roote!«

Sie wechselten einen Händedruck. Der Mann war Colonel Roote von der Shyle-Sicherheitstruppe. Er kannte Hook unter dem Namen Zero. Als Hook aus einer Laune heraus diesen Namen gewählt hatte, war ihm noch zusätzlich eingefallen, dem Namen ein »Capt. i. R.« hinzuzufügen. Und das war er für Roote geblieben. Auch Iola kannte ihn unter diesem Namen . . .

Hook erfuhr, daß Roote dienstfrei hatte und keineswegs in seiner Funktion als einer der Schnüffler hier war, die mit den zahlreichen Unruhestiftern aufräumten. Sie gingen zusammen auf einen Drink, und bei dieser Gelegenheit merkte Hook, der sich nicht viel aus den Menschen machte und Spürhunde verabscheute, daß dieser

Sicherheitsbeamte vielleicht die große Ausnahme war. Roote war ein harter Mann, der einen harten Job hatte und versuchte, seine Würde und seine Menschlichkeit zu bewahren.

»Und, Zero, ich muß zugeben, ich weiß nicht, wie sie es machen. Manchmal frage ich mich, ob ich jemals dahinterkommen werde.«

»Für einen Sicherheitsmann ein blasphemischer Gedanke, Colonel. Sie dürfen nie den Glauben daran verlieren, daß Sie Ihren Mann schnappen.«

Doch als Colonel Roote ihm die Situation erklärte, bezweifelte Hook, daß er das Rätsel je lösen würde. Auf den Treffs, auf denen das Vilgen gekauft und verkauft wurde, also an jenem Ort, an dem die Sicherheitsvorkehrungen am undurchdringlichsten waren und wo nur Geld und die richtigen Verbindungen einem Käufer Zutritt verschafften, verschwand das Vilgen. Es verschwand hektoliterweise, und niemand konnte sich erklären, wie das passieren konnte.

Natürlich wußte Hook, welcher Trick dahintersteckte. Und ebenso natürlich konnte er ihn Roote nicht verraten. Er war Colonel Roote nichts schuldig, und er war Shyle nichts schuldig.

Doch wenn sie sich in einem Kampf gegen die Nova-Männer befanden — unwissentlich vielleicht —, dann waren sie Verbündete.

»Colonel, mit meinem Namen ist das so eine Sache . . . « Hook erklärte ihm, daß er mit der Moben-Mission gekommen sei und aus diesem Grund den Namen Sig Rikter angenommen hätte. Rückhaltlose Aufrichtigkeit — brrr! — war in dieser Situation das einzig Mögliche; Roote würde natürlich Nachforschungen anstellen, das war ganz klar.

Interessant daran war nur, daß Hook tatsächlich berechtigt war, den Titel Captain zu führen. Vor einigen Jahren hatte er in einem interstellaren Schlagabtausch einen Kreuzer befehligt. Er schloß seine Erklärung entschuldigend: »Wissen Sie, Colonel, ich dachte mir, als Navy-Captain wäre ich wohl nicht der Richtige für die Typen der Moben-Mission. Sie verstehen?«

»Aber sicher. Ich werde Sie ohnehin überprüfen, keine Angst. Aber —«

»— aber, Colonel, hören Sie zu: Was Sie da vom Diebstahl des Vilgens erzählen, finde ich richtig faszinierend. Vielleicht könnte ich Ihnen behiflich sein. Ich wollte ohnehin eine gewisse Menge Vilgen kaufen, als Vorrat sozusagen. Nehmen Sie mich zur nächsten großen Zusammenkunft mit —«

»Mein Lieber, was wollen Sie allein ausrichten, wenn die zuständigen Behörden buchstäblich alles unternommen haben —«

»— und total versagten. Geben Sie mir die Chance, Colonel.«

»Hmm. Mir gefällt nicht, wie Sie ›total versagten‹ betonten.«

»Die Wahrheit kann verdammt hart sein, das wissen wir.«

»Zweifellos haben Sie bereits eine Theorie entwickelt?«

»Nehmen Sie mich zum nächsten Treff mit. Ich werde dort als Vilgenkäufer auftreten. Geld habe ich genug. Und eines lassen Sie sich sagen, Roote, wenn ich gutes Metallgeld für Vilgen bezahle, dann wird kein schwindsüchtiges, aussätziges Aas mir das Zeug stehlen können.«

Fünf Tage später löste Roote sein Wort ein und rief Hook an, um ihm die Einzelheiten mitzuteilen. Der Colonel mußte ziemlich verzweifelt sein. Hook war das egal. Hauptsache, er war drin. Und was die Moben-Mission betraf, so wollten Manfrid und Rosa, nachdem sie sich von den jämmerlichen Bedingungen in den Lagern entlang der Straße überzeugt hatten, sofort wieder abfliegen, um alles Nötige zur endgültigen Errichtung der Moben-Mission zu veranlassen. Velwig würde mit ihnen gehen.

Hook hingegen sagte, daß er auf Shyle bleiben wollte, »um die Verhältnisse zu studieren«, wie er es formulierte.

Nachdem er sie verabschiedet hatte, suchte er sich einen passenden Laden und kaufte dort einen hypermodernen Anzug aus Metallgewebe in seiner Lieblingsfarbe Schieferblau. Auf bunte Streifen an den Schultern und Säumen verzichtete er. Die dazu passende Kopfbedeckung hatte einen Gesichtsschutz, die neurologischen Anschlußstellen konnten durch Einführen eines Zapfens hergestellt werden. Er probierte es einige Male aus, bis er den Trick heraushatte. Wenn jetzt jemand eine Delling auf ihn richtete, konnte das Disgel ihm nichts anhaben. Und was noch viel wichtiger war: Wenn er in Höchstgeschwindigkeit überging, würden seine Sachen nicht angesengt.

Dazu kaufte er sich einen niedlichen kleinen Antigrav-Pack, der sich in dem Anzug gut unterbringen ließ.

So ausgerüstet, mit der Tonota Achtzig im Gürtel und der Martian Mega im Beutel, flog er mit Roote zu dem Treff.

Die zwei Männer unterhielten sich angeregt in der Kabine des privaten Polizeifliegers. Hook mußte feststellen, daß seine Abneigung gegen Sicherheitsbeamte in der Gesellschafft Rootes immer mehr abflaute. Er lenkte das Gespräch auf das Vilgen und sagte: »Möchte wirklich wissen, wo sie das Zeug auf Shyle anbauen oder schürfen. Ihre Geheimhaltung ist perfekt.«

»Vilgen ist kein Produkt, das von Shyle stammt«, entgegnete Roote.

Hook hütete sich vor einer Überreaktion und gab nur ein paar belanglose Bemerkungen von sich. Eingedenk seiner unheimlichen Geschwindigkeitserlebnisse mit dem Projektmann sagte er: »Ich nahm an, die schaffen das Vilgen mittels Materie-Transmitter nach Shyle.«

»Woher wollen Sie das wissen?«

»Ich weiß es nicht. Ich vermute es. Aber es geht mich nichts an.«

Roote rutschte in seinem Sitz hin und her. »Paßt das in Ihre Theorie?«

»Sicher.«

»Warum ich Ihnen traue, weiß ich nicht. Ich weiß auch nicht, was hier vorgeht. Aber wenn Sie die Diebe schnappen, dann können Sie Ihre Prämie in Vilgen frei bestimmen.«

Hook war vollkommen überzeugt, die Bande von Nova-Männern zu fassen. Sicher handelte es sich für sie nur um eine Bagatellaktion. Ihre wahren Ziele waren sehr viel höher gesteckt.

Es wunderte ihn ohnehin, warum sie Shyle nicht schon längst übernommen hatten. Ach . . . natürlich! Die Shyloa brachten das Vilgen per Schiff an einen Punkt draußen im Jarhed-Sonnensystem und überstellten es dann in kleineren Mengen per Transmat zum Treff. Aber die Nova-Männer hätten eigentlich schon längst hinter das System kommen und es knacken müssen . . .

»In letzter Zeit sind diese Treffs auch nicht mehr das, was sie mal waren und was Sie vielleicht gewöhnt sind, Zero«, ließ Roote sich halb entschuldigend, halb trotzig vernehmen. »Wir setzen Ort und Zeit fest, die Käufer kommen, und die Geschäfte werden gemacht. Keine Rede mehr von Orgien und nächtelangen Vergnügen.«

»Jammerschade.«

»Stimmt. Aber man hat uns bestohlen.«

»Diesmal, Roote, wird es anders laufen.«

Lief alles wie geplant, würde er sich eine Geschichte ausdenken müssen, um seinen Erfolg zu erklären. Er würde etwas von einem detektivischen Spürsinn faseln müssen ... Er wußte, daß sein Gesicht sehr hart und erbarmungslos wirken mußte. Er hatte nicht alles arrangiert und war den langen Weg nicht gekommen, nur um wegen einer Kleinigkeit aufzugeben.

»Bei Dirty Bertie Bashtis stinkenden Unterhosen!« sagte er sich. »Ich schnappe mir Iola und dann nichts wie weg!«

Wenn sie zusammen lebten, wenn sie geheiratet hätten, würde er ständig ein Projektmann sein. Diese Aussicht erfüllte ihn mit großer Freude und gleichzeitig mit großer Angst. Er würde zu den Bösen gehören. Er würde so schlecht werden wie die Nova-Männer. Aber vielleicht würde es sich mit Iola an seiner Seite lohnen, dachte er, während sie niedergingen, um in einem dichtbewaldeten, mit schimmernden Wasserflächen durchsetzten Gebiet zu landen.

Wie Roote schon angedeutet hatte, war der Treff ganz einfach gehalten. Ein paar Blockhütten, Zelte, sanitäre Anlagen am Bach und eine Gemeinschaftsküche. Etwa ein Dutzend Flieger waren bereits da. Männer und Frauen drängten sich in der einzigen Freizeithütte. Roote führte Hook schnurstracks zu dem Zelt, in dem die Sicherheitszentrale untergebracht war.

Hier zeichneten die Computer alle Vorgänge auf. An-

und Abmeldungen, Registrierung, Identitätskontrollen, finanzielle Transaktionen und die mannigfaltigen Systeme, die man benutzte, um das Geheimnis des Vilgens zu wahren. Diese Systeme waren derart überbeansprucht worden, daß alle hier Beschäftigten abgezehrt und erschöpft aussahen, und Hooks Ankunft wurde als neuer Versuch zu Bewältigung des Problems sehr begrüßt. Da er Roote zum Gönner hatte, konnte er sich in Sicherheit wiegen.

Er spürte die erregenden Schwingungen. Er spürte die Aufwallung übernatürlicher Kraft. Er spürte, wie Gehirn und Körper die an ein Wunder grenzenden Veränderungen durchmachten, die ihn in einen Projektmann verwandelten. Er trat an die Eingangsplane des Zeltes.

Auf der Lichtung landete ein Flieger, dem vier Personen entstiegen. Zwei Männer und zwei Frauen. Er schaute genauer hin. Er sah, daß die Frau mit jener graziösen Geschmeidigkeit ging, deren er sich voller Sehnsucht entsann. Er sah sie, als wäre sie von allem anderen in der Welt hervorgehoben und deutlich unterschieden.

Ryder Hook, alias Captain Zero, ging auf Iola Gervase zu, weil er wußte, daß sie in diesem Sternenwirbel das war, was er wollte, und daß nichts anderes daneben wichtig war.

13. Kapitel

Ihre Waffe, eine Krifarm Modell K-12, hing im Holster neben seiner eigenen Tonota Achtzig von der Zeltstange.

Das Bett war weich, breit und bequem. Manchmal benutzten sie die härteren Kissen, die auf dem Plastikboden lagen. Roote hatte Hook dieses Zelt zur Verfügung gestellt. Darin verbrachte er mit Iola Gervase die nächsten vierundzwanzig Stunden, ohne es zu verlassen. Das Essen wurde ihnen von einem Roboter gebracht, dessen Gesichtsausdrucks-Programm keine Reaktionen erkennen ließ.

»Danke, Blechmann«, sagte Hook, ohne hinzusehen. Er konnte den Blick von Iola nicht losreißen. Sie lächelte ihm zu und streckte die Arme nach ihm aus. Der fragende Blick ihrer veilchenblauen Augen war eine Verlockung. Ihre Figur erregte ihn zu unverhüllter Lust. Von ihrer ersten Begegnung an hatte er sie geliebt und sie ihn. Das Schicksal hatte sie zu Partnern bestimmt . . . doch . . . doch sie war eine Projektfrau und er nur ein halber Projektmann. Sie wußte nicht, daß er an ihren übermenschlichen Kräften teilhatte. Sie wußte nur, daß er ein Durchschnittsmann war und daß sie ihn liebte — was sie nicht sollte.

Das hatte sie ihm mehr als einmal zu erklären versucht und hatte es nicht gekonnt. Er hatte ihr geholfen, indem er auf ihre tastenden Bemerkungen nicht antwortete.

Einmal sagte sie: »Zero, Liebling, wir haben einander wiedergefunden. Aber ich weiß nicht, wie lange unser Zusammensein dauern wird. Ich muß . . . ich muß wieder fort . . .«

»Ja, mein Schatz. Pst.«

Ihr üppiges, schimmerndes braunes Haar war auf den Kissen ausgebreitet. Ihre Haut, golden, weich und glatt, im matten Schein der Lampen mit Senken und Erhebungen versehen, stellte für ihn eine Faszination dar, der er nicht widerstehen konnte. Was für ein Genuß, ihre Haut zu streicheln, ihr Haar, seinen Finger ihr Rückgrat entlang und um ihre Taille gleiten zu lassen. Sie reagierte darauf mit einer Leidenschaft, die ihn anfangs erschütterte und nicht aufhörte, ihn zu erschüttern, immer wieder.

Zweimal, als sie ihr Liebesspiel unterbrochen hatten, war sie in Höchstgeschwindigkeit übergegangen. Hook beschleunigte ebenfalls und sah zu, wie sie hinüber zu ihrem Zelt raste, in dem ihre drei Gefährten untergebracht waren. Bei ihrer Wiederkehr warf er sich aufs Bett und ging in Normalzeit über. Sie war der Meinung, er hätte nichts bemerkt, und er gestattete sich keine Gewissensbisse deswegen.

Sie glaubte, er wäre hier, um Vilgen zu kaufen. Sie war mit drei anderen Projektmenschen gekommen, die beabsichtigten, Vilgen zu klauen. Die anderen drei wollte Hook vernichten. Falls jemand glaubte, er sei hin- und hergerissen zwischen der sogenannten Pflicht, Nova-Männer zu töten — was tatsächlich sein Bestreben war —, und dem schrecklichen Los, die Frau seiner Liebe töten zu müssen, dann war dieser Jemand ein Idiot.

Natürlich würde er Iola nicht erschießen.

Was für ein Unsinn!

Von einem großartigen opernhaften Gefühlskonflikt konnte keine Rede sein. Überhaupt nicht.

Er würde jeden erschießen, der versuchte, Iola zu töten — und zwar verdammt schnell . . .

Er wußte, daß Iolas Kräfte im übersteigerten Zustand

gewaltig waren, da sie einen enormen Energieaufschwung an ihn weitergab. Mittlerweile hatte er eine Technik vervollkommnet, die es ihm gestattete, in Höchstgeschwindigkeit überzugehen und doch in absoluter Regungslosigkeit zu verharren, so daß kein Nova-Mann argwöhnte, er befände sich in übersteigertem Zustand. Die anderen drei Projektmänner gehörten überdies nicht zur selben Liga.

Er vermutete, daß ihr Plan simpel und gradlinig aussah. Die Shyloa würden den Nachschub von Vilgen per Materietransmitter heranschaffen. Kaum war das Zeug hier angelangt, schaltete sich das im Orbit lauernde Schiff der Nova-Männer ein, die hier unten befindlichen Projektmänner würden ihre Kräfte mobil machen und den gesamten Vilgen-Nachschub hinauftransferieren. Dabei würden sie natürlich den Treff nicht verlassen, um keinen Verdacht zu erregen. Hook wunderte nur der Umstand, daß sie das Schiff der Shyloa nicht bis zur Quelle des Nachschubs verfolgt hatten.

Für die Nova-Männer hatte Hook keine Zeit, obwohl eine Aufstellung ihrer in der gesamten Galaxis begangenen Verbrechen die Gedächtnisspeicher eines Computers von stattlichem Format zum Überfließen bringen würde. Was sie anfaßten, war der Vernichtung geweiht. Tod war das Wahrzeichen des Nova-Mannes.

In den nächsten zwei Tagen kamen immer mehr Menschen, um sich in die Warteschlange der Vilgen-Käufer einzureihen. Hook und Iola Gervase lösten sich voneinander und traten gemeinsam und unbefangen im Lager auf. Als Hook den zwei anderen Projektmännern der Projektfrau vorgestellt wurde, ließ er sich nichts anmerken, gab sich sehr höflich und beobachtete alles sehr aufmerksam. Es war ein unheiliges Trio. Nach Art der

Nova-Leute waren sie barsch und ihrer Überlegenheit bewußt, dazu intolerant. Colonel Roote konnte dank seines scharfen und entschiedenen Eingreifens zweimal einen Mord verhindern.

Hook lag ausgestreckt auf dem Bett, und Iola war eben im Aufstehen begriffen, als die Zeltklappe gehoben wurde.

Sofort mobilisierte Iola ihre Superkräfte. Hook tat es ihr gleich, ohne sich zu rühren. Kein Wimpernzucken verriet seinen Zustand.

Der Anführer der Projektmenschen trat ein, überheblich, ungeduldig. Die untere Partie des fleischigen Gesichts war verkniffen.

»Iola Gervase, die Bestätigung von der Zentrale ist gekommen. Sie werden diesen . . . dieses dumme Schwein von Homo sap nicht wiedersehen.«

Iola blieb ruhig. »Herden, ich werde mich dieser Anweisung nicht fügen.«

»Sie müssen, das ist ein Befehl, dem man sich nicht widersetzt.«

»Herden, *ich* habe hier das Kommando. Sie haben meinen Befehlen zu folgen.«

»Dieser Befehl kommt von einer übergeordneten Stelle. Natürlich sind Sie meine Abteilungsleiterin. Aber ich weiß, daß Sie beim Rat in Ungnade gefallen sind. Gervase, Sie gehen ein schwerwiegendes Risiko ein.«

Iola vollführte eine Handbewegung, an der Hook erkannte, daß dieser Idiot ihr auf die Nerven ging, die Situation jedoch ihrer Kontrolle entglitt.

»Meine Auseinandersetzung mit dem Rat geht Sie nichts . . .«

»Die Sache geht mich sehr wohl etwas an. Sie haben sich gegen die Entscheidung des Rates gestellt. Die Zentrale wird Sie absetzen, und ich werde hier an Ihre Stelle treten.«

Seine triumphierende Miene war unmißverständlich.

Hook spürte den Anflug, nein, die winzige Andeutung eines neuen Konzepts. Die Nova-Menschen waren untereinander uneinig . . . eigentlich ganz klar. Der Umwandlungsprozeß fraß einen Großteil ihres normalen Menschseins auf, doch die menschliche Eigenschaft der Meinungsverschiedenheit hatten sie nicht eingebüßt.

Iola sagte: »Mit vielen Entscheidungen des Rates bin ich nicht einverstanden. Den Weg, den wir Nova-Menschen beschreiten, wird nur zu unserer eigenen Vernichtung führen —«

»Unsinn! Gegen uns kann sich niemand durchsetzen.«

»Sehen Sie nicht ein, Herden, daß genau darin unser Verderben liegt?«

Hooks Herz pochte so heftig, daß er das Gefühl hatte, man müßte es bemerken. Das war ein neuer Zug an einem Nova-Menschen. Eine neue Seite an Iola Gervase. Er war wie geblendet.

»Nein, das sehe ich nicht ein. Gervase, ich habe meine Befehle. Die Zentrale hat durchgegeben, daß unsere Späher die Fährte Ryder Hooks aufgenommen haben. Er wurde auf Puldin geortet. Sollte er hier auf Shyle auftauchen, dann bezweifelt die Zentrale, ob Sie anständig reagieren werden.«

»Hook hätte niemals —«

»Die Zentrale hat recht! Sie sind für einen Führungsposten ungeeignet. Also, sind Sie gewillt, diesen dämlichen Normaltyp aufzugeben? Wenn das Programm schiefgeht, wird man Ihnen die Schuld geben.«

»Ich übernehme die volle Verantwortung, und ich werde Captain Zero nicht aufgeben.«

»Dann werden Sie gemäß meinen Anweisungen handeln. Ich werde die Entscheidungen treffen.«

Hook, der auf dem Bett lag, sich aber im Zustand des Projektmannes befand, sah alles. Herden starrte an Iola vorüber, deren nackter Rücken Hook zugekehrt war. Herdens Delling richtete sich auf Hook und feuerte. Disgel schoß durch die Luft — für die gesteigerten Sinne eines Projektmannes unglaublich langsam. Doch es war unterwegs und würde Hook treffen und ihn verflüssigen.

Im selben Augenblick bewegte Hook sich um ein Bruchstück weiter, zu seiner Seite des Bettes hin. Und Iolas Delling kam hoch — und schoß. Herden schrie auf.

Und dann zerschmolz er.

Hook sprang ruckartig in die Normalzeit zurück, gleichzeitig mit Iola.

Sie seufzte tief. »O, Zero . . .« Verzweifelt schlang sie die Arme um ihn.

»Was . . . was . . .?« brachte Hook in einer schauspielerischen Meisterleistung hervor. »Iola, das ist ja Disgel — gib bloß acht!«

»Ja, ja!«

»Wie kommt das denn hierher?«

Herden war jetzt eine eklige Pfütze auf dem Plastikboden. Iola überlief ein Schaudern. Sie hielt Hook umfangen, und ihr Parfum stieg ihm in die Nase. Ihre Weichheit und ihre Festigkeit, beides erregte ihn.

»Laß mich erst das gräßliche Disgel entfernen«, sagte sie.

»Hmmm«, meinte Hook bloß, und Herdens Pfütze verschwand.

Es gab keine Möglichkeit, den Vorfall weiterzuverfolgen. Hook litt unter diesem schrecklichen Dilemma. Er liebte Iola. Und er war nicht imstande, ihr zu vertrauen.

Dieses Unvermögen, das in ihrer Rolle begründet lag, beunruhigte und frustrierte ihn. Es bewirkte, daß er sich unrein fühlte. Iola hatte einen ihrer eigenen Art erschossen, um den Mann, den sie liebte, zu schützen. Was sie über Hook zu Herden gesagt hatte, war nicht zur Gänze ausgesprochen worden. Hook glaubte, Iola würde Hook als Bedrohung für alle Nova-Leute ansehen — was er ja auch war. Wenn er ihr die Wahrheit sagte — die ganze Wahrheit —, gleich jetzt, ehe ihre Beziehung enger wurde, konnte er ihre Reaktionen nicht voraussehen.

Ryder Hook war der einzige Name im Sternenstrudel der Galaxis, der einem Nova-Mann Einhalt gebieten konnte. Das wußte er mit trauriger Gewißheit.

Iola schaffte es, Herdens Verschwinden großartig zu erklären. Sie verschwand in ihrem Flieger, um nach ihrer Rückkehr ihren Kameraden zu erklären, daß Herden vorübergehend abkommandiert worden sei. Man glaubte ihr, weil kein Grund vorlag, ihr nicht zu glauben.

Roote kam am nächsten Tag herüber und sagte zu Hook: »Heute können Sie endlich damit anfangen, sich Ihren Unterhalt zu verdienen.«

Über eine Entschädigung oder Entlohnung war nicht weiter gesprochen worden. Hook machte es nichts aus, und Roote war der Meinung, daß Hook im Erfolgsfall ohnehin fordern konnte, was ihm beliebte.

»Einverstanden, Roote.«

»Also, dann Zero — viel Glück.«

»Ja, Glück brauche ich auch. Aber Technik ebenso.«

Die Sache mit Herden und dem Disgel machte Hook sehr zu schaffen. Er fühlte sich niedergeschlagen und verwünschte seine eigene Torheit. Wie konnte ein normaler Mann sich trüben Gedanken hingeben, wenn es eine Iola Gervase gab, die einen liebte?

Colonel Roote war durch die Wichtigkeit der bevorstehenden Transaktion sehr in Anspruch genommen. Versagte er diesmal, dann würden seine Vorgesetzten auf Shyle ihn sicher fallenlassen, wenn sie ihrem fremdartigen Verständnis gemäß nicht noch Ärgeres mit ihm vorhatten.

Die Sicherheitsmaßnahmen wurden diesmal erwartungsgemäß sehr streng gehandhabt. Aber für einen Projektmann existierten diese Einschränkungen nicht. Hook nahm die Rolle des aufmerksamen Beobachters an. Die Blockhütten spuckten Menschen aus, die es kaum erwarten konnten, daß es losging. Sie hatten den strengen Geschäftsbedingungen der Shyloa gemäß bereits bezahlt. Und jetzt wollten sie ihr Vilgen. Das Zeug war per Transmat gekommen und wartete in den langgestreckten Lagerschuppen. Es bildete sich eine Schlange von Ungeduldigen. Alles war ganz anders, als Hook es auf bisherigen Treffs erlebt hatte.

Iola sagte ihm lächelnd, sie hätte eine lästige Aufgabe zu erledigen. Nach der Vilgen-Transaktion würde sie wieder zu ihm kommen.

»Schon gut. Gib schön auf dich acht.«

Sie drehte sich um, nackt und schimmernd, und griff nach ihren Kleidern. In diesem Moment versetzte Hook ihr einen Fausthieb hinters Ohr. Sie fiel schlaff aufs Bett, ohne etwas mitbekommen zu haben. Er stand da, blickte auf sie hinunter, sah ihre Schönheit, sog sie in sich ein, schwelgte in seinen eigenen fleischlichen Gedanken. Bei Gott! Iola war ein wundervolles Mädchen. Und sie war eine Projektfrau, ein hochgradiges Mitglied des Rates der Nova-Menschen. Er fesselte sie und injizierte ihr die für diesen Grund aufgesparten Schlafdrogen. Ohne den Blick von ihr zu wenden, ging er rücklings hinaus.

In Höchstgeschwindigkeit sauste er hinüber zu den Vilgen-Lagerschuppen. Vorsichtig steckte er den Kopf durch ein Fenster.

Von Vorsicht war bei denen offenbar nicht die Rede.

Projektmann und Projektfrau luden das Vilgen in den purpurnerleuchteten Rachen des Materie-Transmitters. Hook legte mit seiner Tonota Achtzig an, stellte sie auf Feinstrahl ein und erschoß beide. Dann kletterte er durch das Fenster hinein und verflüssigte die Toten mit Disgel, bis sie restlos verschwunden waren.

Ein kleiner Lautsprecher zischte: »Macht schnell da unten.«

Hook überlegte. Am liebsten hätte er irgendwie das Schiff dort oben in kleine Stücke zerpustet. Leider hatte er keine handliche Bombe dabei, die er mit dem Materie-Transmitter hätte nach oben schicken können. Er runzelte die Stirn. Eine folgenschwere Nachlässigkeit seinerseits. Doch hatte er sich so intensiv darauf konzentriert, Iola für den Moment auszuschalten, daß ihm dieser nützliche Schachzug nicht eingefallen war.

Der Materie-Transmitter war ein tragbares Modell, bestehend aus einer Kontroll-Box in Koffergröße, die an eine eigene Energiequelle angeschlossen werden konnte. Hook zog die Anschlüsse heraus und faßte die Kontroll-Box an den Tragegurten. Noch immer in Höchstgeschwindigkeit sauste er aus dem Fenster in Richtung Wald. Er fand eine Stelle mit weichem Untergrund. Dort buddelte er mit den Händen, die er wie Schaufeln einsetzte, eine Vertiefung, versenkte den Materie-Transmitter hinein, schaufelte die Erde mit den Füßen wieder zusammen, streute ein paar Tannennadeln auf die Stelle und sauste zurück zu den Zelten.

Iola mußte noch bewußtlos sein. Er betrat das Zelt,

befreite sie von ihren Fesseln, legte sie bequem zurecht und ging in Normalzeit über.

Colonel Roote rief laut nach ihm: »Captain Zero!«

»Colonel, Sie können mit der Ausgabe beginnen. Alles ist in bester Ordnung!«

Er trat hinaus auf die Lichtung. Roote winkte seinen Leuten, sie sollten in Aktion treten. Die Türen wurden geöffnet, und aus der Warteschlange ertönten laute Rufe. Gleich darauf wurden Vilgen-Packungen herausgeschleppt und in die Flieger verfrachtet, die auf das kostbare Gut warteten.

»Bislang läuft alles reibungslos«, sagte Roote. Er stand neben Hook und beobachtete das Verladen. »Sonst hatten sie um diese Zeit das Vilgen schon längst zum Verschwinden gebracht.«

»Diesmal kriegen sie es nicht.«

»Na, wir werden ja sehen.«

Ganz beiläufig fragte Hook: »Sie haben nicht irgendwo eine handliche kleine Bombe herumliegen, die Sie nicht brauchen?«

»Eine Bombe? Nein. Aber einen Vorrat an N8-Gas.«

»Hm, scheußliches Zeug. Wirkt sofort. Ja, das wäre auch geeignet.«

»Darf man fragen, wozu?«

»Nein, darf man nicht.«

Die ersten Flieger hoben ab, um das Vilgen zum Raumflughafen zu bringen. Von dort aus würde es dann an Interessenten in der ganzen Galaxis verkauft. Roote atmete sichtlich auf. Ein gepanzerter Flieger flitzte aus der entgegengesetzten Richtung heran und landete in einer Staubwolke. Sechs Mann stiegen aus. Rootes Miene verdüsterte sich. »Ich sehe lieber nach, was da los ist«, sagte er.

Die sechs Männer liefen auf das Lager zu.

Sie bewegten sich normal, bis sie hinter einer Blockhütte verschwanden. Sie nutzten die Deckung und gingen in Höchstgeschwindigkeit über. Sofort verschwanden sie für die Blicke der anderen. Nur Hook sah sie hinter der Hütte hervorkommen und zu seinem Zelt laufen. Sofort ging auch er in den Projektmann-Zustand über und rannte zum Zelt und zu Iola.

Die Nova-Männer mußten den Plan des Lagers genau im Kopf haben, da sie es ständig beobachtet hatten. Und jetzt war ein Spähtrupp unterwegs, der nachsehen sollte, warum das Vilgen nicht per Materie-Transmitter auf ihr Schiff verfrachtet wurde, und was mit Iola Gervase los war.

Hook bremste seinen Lauf vor dem Zelt scharf ab. Aus dem Zeltinneren waren Stimmen zu vernehmen.

»Die Schlampe schläft ja!«

»Total besoffen oder voll mit Drogen. Na, das wird der Rat gern hören!«

Hook lauschte angespannt. Seine Absicht war es, überraschend einzudringen und sie alle zu vernichten. Damit gefährdete er aber Iola. Er war nämlich nicht imstande, sie alle gleichzeitig zu verflüssigen. Sie waren zu sechst, diese Bastarde. Falls es ihm aber glückte, etwas zu erfahren, herauszufinden, was sie eigentlich planten, sie zu überrumpeln . . .

Die tiefe befehlsgewohnte Stimme dröhnte weiter: »Vom ersten Tag ihrer Behandlung an war sie nur ein Ärgernis. Ich kann nicht glauben, daß sie eine richtige Projektfrau geworden ist. Schafft sie rauf. Ihre Vorgangsweise hat mich nur behindert. Von jetzt an läuft alles, wie ich es möchte.«

Die andere Stimme antwortete unterwürfig: »Wir hätten die Shyloa sofort erledigen sollen. Die Gervase wird ihr Verhalten in der Zentrale rechtfertigen müssen.«

»Man wird dort tun, was ich sage. Also, los jetzt.«

Hook stieß einen Fluch aus. Er riß die Zeltklappe hoch und stürzte laut schreiend mit der Tonota Achtzig im Anschlag hinein.

Der Zischton des Materie-Transmitters betäubte ihn beinahe.

Er stand in einem leeren Zelt. Iola Gervase war verschwunden. Sie war im Mat-Trans-Verfahren an Bord des Raumschiffes der Projektleute gebracht worden.

Ryder Hook stand da wie ein Idiot. Er war einer.

14. Kapitel

Ryder Hook ging im Lager umher wie ein Mensch ohne Beine, bekleidet mit einem Bleimantel. Er hatte das Gefühl, sein Kopf sei eine breiige Masse. Er war ein normaler Mensch, ein Homo sap. Seine Projektmann-Kräfte waren dahin.

Iola Gervase war verschwunden.

Er nahm die Behälter mit dem N8-Gas an sich, beachtete Colonel Rootes fragende Rufe nicht weiter und zwang sich zu einem Lauf in den Wald, bei dem ihm fast die Lungen barsten. Er lief wie ein Betrunkener, stolpernd, schwitzend, so schnell, wie es seine Muskeln erlaubten. Er lief mit verzweifelter Geschwindigkeit. Doch leider befand er sich in Normalzeit und war langsam, ach so langsam.

Er war besessen von dem Gefühl, daß er zu spät kommen würde. Der in Strömen fließende Schweiß brannte in den Augen. Die Anstrengung brachte ihn zum Keuchen. Bei jedem Schritt keuchte er, dann folgte ein schwerer Atemzug, dann wieder ein Schritt. Er erreichte die Stelle, wo er den Materie-Transmitter vergraben hatte, schaufelte die Erde hastig fort und riß die Box aus der Vertiefung.

Nach einem ganz tiefen Atemzug drückte er den Auslöser und wartete, daß sich das Kraftfeld aufbaute. Die purpurne Öffnung glühte unheilvoll und einladend.

Ohne auch nur die kleinste Pause in seiner hektischen Aktivität eintreten zu lassen, riß Hook die Martian Mega hervor — die Tonota Achtzig blieb im Holster, während die Disgel-Waffe voll geladen war und er Ersatzmagazine dabei hatte — und trat in die purpurne Öffnung.

Es stand eins zu einer Million, daß es ihn das Leben kostete. Das war eine unleugbare, auf statistischen Untersuchungen basierende Tatsache. Er spürte das Prickeln von Myriaden weißglühender Nadeln, die sich in sein Fleisch fraßen. In seinem Kopf drehte sich alles. Er wurde in Atome zerlegt, in Energiepartikel, die den vorgegebenen Weg entlangbefördert wurden. Er fiel schwer auf eine metallische Fläche, blinzelte und starrte mit düsterer, dämonisch-böser Miene um sich.

Das purpurne Glühen um ihn herum verblaßte. Er befand sich in einer metallenen, mit Lichtkugeln bestückten Kammer. Der Raum war leer. Erleichtert atmete er auf. Er hatte es mit Hilfe des Materie-Transmitters geschafft, das Raumschiff der Nova-Männer zu erreichen, und er hatte den Vorgang überlebt.

Haltegriffe führten zu einer Art Jalousientür, in deren

Mitte eine kleinere mannshohe Tür eingelassen war. Hook drückte die Knöpfe, und die Tür schwang auf.

Aller Wahrscheinlichkeit nach hatten die Sicherheitssysteme des Schiffes mittlerweile die Anwesenheit eines Eindringlings gemeldet. Jedenfalls mußte er sich so verhalten, als wäre es der Fall. Das paßte genau in seinen Plan. Er dachte nicht daran, sich hier heimlich herumzudrücken. Für ihn spielte es keine Rolle, ob die Projektmänner von seinem Eindringen wußten oder nicht. Sie würden es ohnehin verdammt bald merken, daß er da war.

Und doch wollte die Vorahnung von Unheil nicht weichen.

Zwei Männer kamen ihm lässig schlendernd im Korridor entgegen. Es waren Doorn, keine Projektmänner, und Hook fegte sie mit einem Schuß hinweg. Hier auf ihrem Schiff agierten die Nova-Männer zweifellos in Normalzeit. Die Doorn waren nicht imstande, sich in Höchstgeschwindigkeit zu bewegen. Alles lief ganz normal ab, bis ein Nova-Mann die Notwendigkeit sah, seine phantastischen Kräfte einzusetzen. Hook ging weiter . . .

An der nächsten Kreuzung traf er auf den Mann, den er wollte. Als er den Kerl am Hals oberhalb seiner schönen grün-goldenen Uniform packte, setzte Sirenengeheul ein. Jetzt wußten es alle.

Hook zeigte dem Mann die Disgel-Waffe.

»Wo ist Tayniss Iola Gervase?«

Die Gesichtfarbe des Mannes glich der Tönung von Käse, der zu lange in der Sonne gelegen hatte.

»Der Rat . . .«

»Wo?«

Der Mann sprudelte eine Wegbeschreibung hervor.

Wer oder was er war, wußte Hook nicht. Jedenfalls war er kein Projektmann, war aber für die Nova-Männer tätig. Trotzdem versetzte Hook ihm einen Fausthieb unters Ohr, in der Absicht, ihn für längere Zeit auszuschalten. Er ließ ihn liegen.

Über seine eigene Milde wunderte er sich nicht mehr, so wie es noch vor kurzem der Fall gewesen wäre. Er spürte die Vorahnung drohenden Unheils, die ihn wie die schwarze Wolke eines Scheiterhaufens einhüllte. Hook machte sich auf die Suche nach dem Sitzungszimmer.

In Höchstgeschwindigkeit sauste er an Männern und Frauen vorüber, die in Normalzeit agierten und in seinen Augen wie erstarrt in ihrer Tätigkeit waren. Falls ihn jetzt ein Projektmann sah, würde Hook den Adrenalinstoß spüren, den Aufschwung, der ihm das Vertrauen gab, daß er schneller war. Die Martian Mega war bereit, Tod auszuspucken, sobald er bei einem anderen die Höchstgeschwindigkeit spürte.

Er sah Besatzungsmitglieder, Roboter, Doorn, zahlreiche Männer und Frauen in auffallenden Uniformen, deren Aufgaben ihn nicht berührten. Er folgte den Beschreibungen bis zu einer schmalen, von Kristallwänden flankierten Galerie. Hier hielt er inne, sah sich um, ob er verfolgt wurde, und spähte dann vorsichtig über die Metallbrüstung auf die Szene, die sich unten im Sitzungsraum abspielte.

Alle saßen oder standen wie erstarrt. Also befanden sie sich in Normalzeit. Ehe er selbst in Normalzeit überging, um herauszufinden, was hier vorging, suchte er mit einem Blick den Raum ab. Iola war nicht da. Der ganze Raum wirkte wie die Schöpfung eines verrückten Futuristen, der eine Schreckenskammer hatte schaffen wollen.

Die technischen Einrichtungen wie Bildschirme, Computer-Terminals und Energiewaffen waren neuesten Typs und standen entlang schwarz drapierter Wände. Die Mitte wurde von wuchtigen Sesseln eingenommen, von denen jeder mit einem eigenen Schreibtisch und Kommunikationsset ausgestattet war. Ein Geruch wie von einem offenen Abwasserkanal drang an Hooks Nase. Mit granitharter Miene sah er hinunter.

Auf einem Podium stand ein ausladender Tisch mit noch mehr Elektronik. Das Metall blitzte unter der roten Beleuchtung auf. Ein hochgewachsener Mann in Metallgewebegewändern mit einer Krone auf dem Kopf stand hinter dem Tisch. Es war ihm anzusehen, daß er den Ratsmitgliedern eine Standpauke hielt. Beim Anblick der Krone blieb Hook fast die Luft weg. Eine dümmere, verschrulltere und albernere Zurschaustellung von Macht konnte es nicht geben. Und doch war es Wirklichkeit. Die Krone bedeutete genau das, was sie bedeuten sollte. Dieser Bastard dort unten hielt sich für den König der Nova-Männer.

Also gut, du Gonil, sagte Hook zu sich. Du wirst der erste sein.

Er versetzte sich in die Normalzeit, und sofort waren die Stimmen von unten über ein Mikro in einer Verstrebung der Brüstung zu hören.

». . . unser Schicksal in vielfacher Hinsicht. Bislang hat nichts uns aufhalten können. Ich fordere ein einstimmiges Urteil. Wir sind Nova-Menschen. Die von Gervase begangenen Fehler müssen korrigiert werden.«

»Das wird nicht weiter schwierig sein.« Der Sprecher zeigte Position und Status durch die farbigen Lichter an, die an seiner Konsole aufleuchteten. »Wir müssen nur unseren Plan in die Tat umsetzen und den Shyloa zur

Nachschubquelle folgen. Daß die Gervase diesen Plan sabotierte, ist eine Lappalie.«

Eine in der Nähe sitzende Frau schaltete ihre Lichter ein und sagte kehlig: »Lappalie — für Sie vielleicht. Mich hat die Gervase zehn Jahre meines Lebens gekostet.«

Jetzt fielen andere Ratsmitglieder ein und machten erregt ihren Standpunkt klar. Langsam wurde Hook klar, warum die Shyloa von den Projektmenschen nicht schon längst ausgeschaltet worden waren, und — was auf lange Sicht viel wichtiger war — warum die Projektleute so versessen darauf waren, den Nachschub an Vilgen zu kontrollieren.

Iola war eindeutig von einem Gefühl motiviert worden, das allen Nova-Menschen, denen Hook je begegnet war, fremd war.

War es möglich, daß ein Projektmensch nicht automatisch bösartig wurde, wenn die Superkräfte von ihm Besitz ergriffen? Vielleicht war Iola anders. Er lauschte fasziniert.

»Der Gervase-Faktor ist eine genetische Mutation unerwünschter Art.« Der Mann mit der Krone brachte diese Worte abgehackt heraus. Er sah miserabel aus. Sein Gesicht war aschgrau, er mußte sich an der Brüstung des Podiums festhalten. »Wir hatten in dieses Experiment große Hoffnungen gesetzt. Es hat uns enttäuscht.«

Die Frau mit der barschen Redeweise meldete sich wieder zu Wort. »Ich fordere ein sofortiges Einschreiten. Ich verbrauche mehr Zeit als die meisten Projektmenschen. Meine Lebensspanne ist deutlich kürzer als die der meisten von uns. Ich denke nicht daran, diese Ungerechtigkeit still zu erdulden.«

Jetzt hatte Hook die Antwort auf viele seiner Fragen.

Die Projektmenschen, die viele Tage in Höchstgeschwindigkeit verbrachten, verbrauchten ihre Lebensenergie und ihre Lebenserwartung sehr rasch. Die Höchstgeschwindigkeit verringerte ihre Langlebigkeit. Und eine chemische Umwandlung des Vilgens vermochte ihre Lebensspanne wieder zu verlängern und machte die in Höchstgeschwindigkeit verbrachten Perioden so erträglich wie die Normalzeit.

Er selbst würde unter denselben Symptomen zu leiden haben. Nur waren seine Höchstgeschwindigkeitsphasen seltener und lagen weiter auseinander. Für nichts gab es nichts in der Galaxis, der Sternenstrudel blieb erbarmungslos gleichgültig wie eh und je . . .

Was er hier erfuhr, war lebenswichtig. Damit bekam Iola eine Chance, ihr Leben in der Zukunft auszuleben. Sobald er sie aus diesem gräßlichen stinkenden Abfallhaufen der Nova-Leute fortgeschafft hatte, würde sie sich wieder gut in die Gesellschaft der Normalmenschen einfügen. Es schoß ihm sogar der Gedanke durch den Kopf, daß sie sich vielleicht sogar Kreditkarten würden zulegen müssen.

Dagegen bäumte sich sein genzes Bewußtsein auf. Ryder Hook mit einer Kreditkarte am Handgelenk, man stelle sich vor!

Hinter ihm glitt die Tür auf.

Noch immer in Normalzeit, drehte er sich um.

Ein Roboter kam hereingerollt. Er war bunt angemalt, mit Stielaugen und plumpen, faßähnlichen Rumpf. Seine klauenartige Greifhand sah abscheulich aus.

»Sie müssen sofort gehen, Sir«, gab er in zirpendem Metallton von sich. »Es handelt sich hier um eine geschlossene Sitzung des Rates. Die Zuschauergalerie ist geschlossen.«

Damit war das hier erklärt . . .

Hook nahm Zuflucht in die Höchstgeschwindigkeit, flitzte hin zum Roboter und schaltete diesen aus. Mit einem Klaps auf die Metallflanke sagte er: »Träum schön, Blechmann.«

Kaum war er wieder auf seinem Beobachtungsposten, als der gekrönte König erklärte: ». . . und was das Polovish-Problem betrifft, so haben wir das Sonnensystem keimfrei gemacht und werden noch vor Ablauf des Jahres davon Besitz ergreifen.«

Hört, hört, dachte Hook bei sich. Das heißt also, daß ihr die Bevölkerung eines Sonnensystems ausgelöscht habt, um eure eigenen pervertierten Ziele durchzusetzen. Er hörte noch aufmerksamer zu, als der Nova-Mann weitersprach.

»Das Problem Ryder Hook fällt in dieselbe Kategorie. Hätte die Gervase sich in diesem Fall wie eine Nova-Frau benommen, wäre alles glatt gegangen. Doch sie hat auch im Problemfall Hook versagt. Ihr Vorschlag, Jack Kinch als Mörder zu dingen, wurde vom Rat akzeptiert. Es ist uns jedoch nicht gelungen, mit Kinch Kontakt aufzunehmen.«

Hook verspürte einen Anflug von Beunruhigung. Er hatte Iola doch nicht etwa falsch eingeschätzt, oder? Die Projektleute wollten seinen Tod und hetzten ihm Killer auf den Hals. Iola hatte vorgeschlagen, einen der berüchtigsten Mörder der Galaxis anzuheuern. Wie sollte das zu der neuen Vorstellung passen, die er von ihr hatte?

Daß es ihr nicht geglückt war, mit Jack Kinch Kontakt aufzunehmen, wunderte ihn natürlich gar nicht. Jack Kinch hatte seine Waffen an den Nagel gehängt und ließ sich nicht mehr anheuern. Nicht, wenn Ryder Hook es nicht wollte.

Er starrte die unter ihm versammelten Projektleute mit einem so hungrigen Ausdruck an, daß seine Kiefermuskeln spielten. Wenn es hart auf hart kam, dann hatte er den unschätzbaren Vorteil, als erster in Höchstgeschwindigkeit übergehen zu können. Ehe sie reagieren konnten, würde er sie alle zerstäubt haben, jeden einzelnen. Die vervielfachte Energie, die er jetzt dank ihrer Anwesenheit spürte, verlieh ihm Kräfte, die jene jedes einzelnen von ihnen übertrafen. Als die Entführer Iola aus dem Zelt schafften, hatten sie sich bereits in Höchstgeschwindigkeit befunden. Jetzt aber war Hook im Vorteil.

Der Käsegesichtige mit der Krone sprach hastig etwas in eine Sprechanlage, um sich dann mit ernstem Blick an den versammelten Rat zu wenden.

»Ein Eindringling wurde gemeldet. Die Wachen werden seiner gewiß bald habhaft werden. Ich frage mich, wer das sein könnte.«

Die Frau mit dem harten Gesicht meldete sich. »Man sollte die Zugänge zum Sitzungsraum versiegeln —«

»Sehr richtig. Hier drinnen kann uns niemand etwas anhaben.«

Iola befand sich nicht im Sitzungsraum, und Hook hatte hier eine Menge erfahren. Eine Durchsuchung des mehrere Millionen Tonnen schweren Raumschiffes — im Normalzustand eine Unmöglichkeit — war in Höchstgeschwindigkeit kein Problem. Er raste hinaus aus der Galerie und machte sich auf die Suche, wobei er sich nicht auf den Zufall verließ. Er stieß auf eine Person, die den Eindruck machte, sie könnte etwas wissen. Leider wußte sie nicht, wo Iola Gervase hingebracht worden war. Seine erste Information, daß sie sich im Sitzungsraum befände, wo sie nicht war, konnte nur bedeuten, daß sie auf dem Weg dorthin sein mußte. Hook hatte nicht die Absicht, abzuwarten, bis sie hineingezerrt wurde.

Ein Krif-Mann im schweren Kampfpanzer konnte Hook die gewünschte Auskunft geben. Iola Gervase wurde eben aus der Kerkerzelle geholt. Nachdem er sich die Richtungseingaben eingeprägt und einen bewußtlosen Krif-Mann in einen Putzschrank gepfercht hatte, machte Hook sich auf den Weg.

Im Bau saß nur eine Frau, die sich im Drogenwahn die Haare raufte. Sie gehörte eindeutig zu den Doorn und hatte aufgrund der Behandlung, die sie hier durchgestanden hatte, den Verstand verloren. Hook trat den Rückzug an. Er kam an einem mit Materie-Transmittern vollgestopften Lagerraum vorüber. Es waren sowohl kleine handliche Apparate als auch solche, wie Iolas Entführer sie benutzt hatten. Diese Materie-Transmitter transponierten Menschen und Dinge in Rezeptoren und verschwanden anschließend selbst auf diesem Weg. Sie arbeiteten ähnlich wie eine Spinne, die sich an ihrem eigenen Faden hochzieht. Hook lief weiter in Richtung Sitzungsraum, in der Annahme, Iola sei auf einem anderen Weg dorthin geschafft worden. Er fluchte vor sich hin. Ihm blieb nichts übrig, als erneut in den Sitzungsraum einzudringen.

Als er wieder seinen Horchposten auf der Kristallgalerie bezogen hatte, sagte der gekrönte Nova-Mann eben: »Gerechtigkeit wurde bereits geübt. Jetzt muß gesorgt werden, daß sie vollendet wird.«

Hook hatte keinen Blick für ihn übrig. Er sah nur Iola. Sie mußte vor der Doppeltür gewartet haben, als er sich davonstahl. Jetzt lag sie in einem Behälter mit Kristallwänden, bedeckt mit einem schwarzen Tuch, in dem schimmernde Metallfäden ein Muster bildeten. Zwei Roboter schoben den schwebenden Behälter herein. Unterhalb war ein Antigrav-Pack angebracht, der den Behälter während des Transports in der Luft hielt. Hook war wie gebannt.

Iola Gervase war von unglaublichem Liebreiz. Ihr Gesicht wirkte gesammelt und friedlich. Ihr üppiges Haar bedeckte das schwarz-goldene Kissen. Sie lag reglos und mit geschlossenen Augen da. Hook starrte sie an.

Er konnte nicht fassen, was er da sah.

Wenn ein mit Hook in Verbindung stehender Projektmensch starb, dann spürte er den Schock, spürte den schrecklichen Entzug jenes anderen Kraftzentrums als heftigen psychischen Schmerz.

Als Iola starb, war er nicht innerhalb ihrer Reichweite gewesen.

Wären sie bewußtseins- und kräftemäßig verbunden gewesen, er hätte ihren Tod unweigerlich miterlebt.

Gerechtigkeit war geübt worden, sagte dieser Bastard von Nova-König. Iola war in dem Augenblick getötet worden, als sie an Bord kam. Hook hätte sich seine Bemühungen und seine Eile sparen können. Iola war tot.

Ein Roboter schlug die schwarz-goldene Decke zurück. Iola lag ausgesetzt, nackt, weiß, schutzlos und hinreißen schön da — sie war tot.

Der Nova-Mann hob den rechten Arm. Das Disgel traf Iola mitten auf die Brust.

Hook stand da, eine Faust in den Mund gerammt, als Iola Gervase verflüssigt wurde und sich in einem Schleimklumpen verwandelte, um schließlich völlig zu verschwinden.

Sie war tot und er hatte sie nicht einmal in den Armen halten können, als sie starb.

»Der Gervase-Faktor wurde endgültig ausgelöscht.«

»Man hätte das Experiment schon längst abbrechen müssen.« Die Frau mit der Krähenstimme schlug auf ihre Konsole. »Alle Experimente dieser Art.«

»Diese Forderung steht auf meiner Liste ganz obenan.«

Hook hörte es kaum, es interessierte ihn nicht. Er war nicht imstande, einen Gedanken zu fassen, sein Kopf war leer. Was er nun machte, das machte er ganz mechanisch. Er ging in Höchstgeschwindigkeit über.

Dann bohrte er mit der Martian Mega ein Loch in den Kristall, wobei er möglichst wenig Energie verbrauchte. Kein Nova-Mann konnte dem mit Lichtgeschwindigkeit kommenden Schuß einer Energiewaffe entrinnen. In seinem automatisch funktionierenden gedankenleeren Kopf wußte er nur, daß die Nova-Leute nicht die Dimension wechseln konnten. Er sprühte eine Dose N 8-Gas durch die Öffnung. Das unsichtbare Gas verbreitete sich sehr rasch. Wie schnell war der nahezu sofortige Tod in Höchstgeschwindigkeit? Sie hatten nicht gemerkt, daß er das Loch bohrte, sie wußten nicht, daß unsichtbarer Tod aus der Luft zu ihnen trieb . . .

Hook sah zu, wie sie starben.

Er spürte die grauenhaften Symptome des Entzuges und Todes in seinem Kopf. Er hätte die letzten Zuckungen der Superkraft dazu benutzen sollen, durch das Schiff zu laufen und sich per Materie-Transmitter hinunter auf Shyle transferieren zu lassen. Doch er überlegte nicht. Er war jetzt nur ein ganz normaler Sterblicher, der jene Gerechtigkeit übte, die denen versagt geblieben war, die unter den Gräueln und Schrecken dieser Bande von bösartigen Projektleuten gelitten hatten.

Einige schafften es, in Höchstgeschwindigkeit zu

gehen und einen Fluchtversuch zu unternehmen. Sie erledigte Hook mit seiner Martian Mega. Die anderen keuchten und spuckten Blut, während ihre Augen trieften und ihre Lungen brannten. Sie starben, die Hände verzweifelt um die Kehlen gekrampft.

Nachdem all die versammelten Superkräfte verloschen waren, drehte Ryder Hook, zum simplen Homo sap geworden, sich um. Er durchschritt die Korridore und Gänge des riesigen Schiffes, ohne daß ihn jemand daran gehindert hätte. An Bord herrschte totales Chaos. Es war eine Katastrophe eingetreten, die die uniformierten Handlanger und Kreaturen nicht begriffen. Wenn nötig, verschaffte ihm die Martian Mega freien Durchgang.

Hook fror. Die Kälte hielt seinen ganzen Körper umklammert. Mit hochgezogenen Schultern ging er weiter zu den Maschinen- und Kontrollräumen. Dort angekommen, sorgten seine Energiewaffen dafür, daß er nach Belieben schalten und walten konnte. Die Hauptantriebe einzuschalten, war für einen Mann, der einen Kampfkreuzer befehligt hatte, kein Problem. Für ein Lächeln der Rache reichte es nicht, als er mit seinem Vorhaben fertig war und zu der metallausgekleideten Zelle ging, in der der Materie-Transmitter wartete.

Es existierte immer noch die alte Eins-zu-einer-Million-Chance . . .

Jetzt erst kamen ihm die ersten klaren Gedanken. Er spürte, daß er wieder der alte Ryder Hook war. Nein, zum Teufel! Er war noch nicht bereit, aus dem Leben zu scheiden. Iola war dahin. Doch es hatte zwischen ihnen etwas gegeben, das er nie vergessen würde. Es waren kostbare Erinnerungen. Sie wegzuwerfen, wäre einem Verbrechen gleichgekommen.

Er war Ryder Hook. Trotz seiner zahlreichen Namen,

die er im Sternenstrudel der Galaxis schon benutzt hatte, war er immer Ryder Hook geblieben.

In der Galaxis existierten noch viele Projektmänner und -frauen, und solange es sie gab, würde es für Hook kein Rasten und Ruhen geben.

Er würde sich jetzt durch den Materie-Transmitter auf den Planeten Shyle zurückbefördern lassen und sich wieder bei Colonel Roote melden. Er würde vielleicht auf die Rückkehr Manfrids und Rosas warten — auch Velwig würde für Ablenkung sorgen —, und ihnen helfen, auf Shyle eine Missionsstation aufzubauen. Dann konnte er daran denken, mit Shaeel und Karg Verbindung aufzunehmen. Ja, es warteten einige Aufgaben auf ihn.

Iola Gervase würde er nie vergessen. Niemals — nicht, solange er bei klarem Verstand war . . .

Er trat aus dem purpurnen Schein des Materie-Transmitters und befand sich wieder auf Shyle, als das Raumschiff der Nova-Leute in einer verheerenden Explosion zerbarst. Leider blieben noch genug Bösewichter dieser Sorte übrig, die es zu erledigen galt. Iola Gervase . . . Iola . . . Der Schmerz würde ihn sehr lange nicht verlassen . . .

Er ging durch das Wäldchen auf das Lager zu. Nicht imstande, einen Blick in die Zukunft zu tun, war Ryder Hook in Gedanken bei Iola. Er war überzeugt, die endgültige Vernichtung des Gervase-Faktors miterlebt zu haben . . .

ENDE

SCIENCE FICTION

Band 24 085

Harry Harrison

Der Planeten-Retter

Deutsche Erstveröffentlichung

Er ist Brion Brand. Champion und Sieger der Spiele von Anvhar, des denkbar härtesten Tests aller menschlichen Fähigkeiten. Kein Wunder, daß die Gesellschaft für kulturelle Beziehungen ihn zu ihrem Star-Agenten macht. Seine Aufgabe ist einfach: Welten retten.
Sein erster Auftrag führt ihn nach Dis, einem unwirtlichen, wilden Planeten, dessen ehemals menschliche Bewohner sich auf seltsame Weise verändert haben; Haß auf alles Fremde beherrscht sie, die Vernichtung des gesamten Planeten scheint geplant und unabwendbar . . .

BASTEI LÜBBE

Sie erhalten diesen Band im Buchhandel, bei Ihrem Zeitschriftenhändler sowie im Bahnhofsbuchhandel.

Band 23 073

Thomas Ziegler

FLAMING BESS

Die Erde

Deutsche Erstveröffentlichung

Flaming Bess und ihre Gefährten haben Kurs auf die Erde, die Urheimat der Menschheit, genommen. Aber auch der Kriegsherr Krom hat die Position des Planeten ausfindig gemacht, und er setzt alles daran, die ahnungslosen Erdbewohner zu vernichten. Für Flaming Bess beginnt ein dramatischer Wettlauf mit der Zeit.

Das spannende Finale der abenteuerlichen Science Fiction-Reihe.

BASTEI LÜBBE